작은

새

작은 새

강인 소설

바른북스

목차

캠프

"하."

"너 이제 며칠 남았냐?"

"2일. 근데 내일 올라가니까 사실 이제 들어가는 거지."

빈 술잔 사이로 조용한 탄식이 새어 나왔다. 한때 이 자리가 웃음으로 가득했던 적도 있었는데, 그건 이미 먼지가 덮인 기억이 되어 있었다.

"그럼 나는 16일이네. 네가 가면 나도 가는 건데 씨발. 근데 너 머리는 올라가서 자를 거야?

"자르고 올라가야지 한 푼이라도 아끼려면. 이거 먹고 토디헤어 가서 자르려고."

나와 준범이는 빈 술잔을 내려놓았다. 코 흘리던 초등학교 시절부터 서로를 알았던 우리는 어느새 군대에 갈 나이가 되어버렸다.

"인호야 나 담배 하나만 피고 가자."

"천천히 피워. 술값 얼마 보내면 돼?"

"됐어, 그냥 내가 살게. 마지막 선물 같은 거야."

"너도 곧 가는데 그런 게 어디 있냐. 네 계좌로 그냥 2만 원 보낸다. 남는 걸로 담뱃값이라도 해.

"고맙다."

준범이는 연거푸 담배 연기를 만들어 댔다. 나는 옆에서 핸드폰으로 나에게 남은 시간을 한 번 더 들여다봤다. 우리는 그때 아마 같은 생각을 하고 있었을 것이다.

"이제 가자."

"왜 피다 말아."

"맛없어."

"이참에 끊어."

"그게 말처럼 쉽나, 전역하고 끊든가 해야지."

우리는 시시콜콜한 대화를 나누며 미용실로 들어갔다.

"어, 인호 오랜만이네? 언제 내려온 거야?"

"종강하고 바로 내려왔으니까 한 달 정도 됐어요."

"서울 생활은 할 만하니?"

"네, 나름요."

"어떻게 잘라줄까?"

"아 그게, 저 이제 군대 가서 그냥 밀어주세요."

"군대? 언제?"

"2일 뒤에 입대예요."

"그래, 아줌마가 예쁘게 밀어줄게."

거울에 비친 나의 머리는 순식간에 잘려 나갔다. 나의 얼굴이 어색하게 느껴졌다.

"우리 인호 처음 봤을 때, 진짜 요만했는데, 군대도 가고 다 컸네, 다 컸어."

"전역하면 꼭 파마하러 올게요."

준범이는 나의 모습을 동영상으로 남기고 있었다.

"인호는 두상이 예뻐서 짧은 머리도 잘 어울리네. 어머님이 낳을 때 신경 많이 쓰셨겠다."

그 말을 듣고 거울 속의 나를 보니 생각했던 것보다는 나의 모습이 괜찮아 보였다. 아주머니는 특별히 샴푸에 린스까지 아끼지 않고, 정성스럽게 내 머리를 감겨주셨다. 아주머니의 손길이 그대로 내 두피에 전해졌다. 다음에 이곳을 오려면 얼마나 많은 시간을 기다려야 하는 걸까. 정답 없는 질문만이 가벼워진 머릿속을 계속 맴돌았다.

“인호야 잘 갔다 와. 시간 금방 갈 거야.”

“네, 안녕히 계세요.”

곧바로 준범이에게도 인사를 했다.

“휴가 맞으면 꼭 보자. 연락할게.”

“그래, 잘 갔다 와라.”

나는 한층 더 무거워진 신발을 신은 채 집으로 돌아갔다.

“깔끔하네. 이게 더 낫다. 까먹은 거 없이 다 챙겼지?”

“응. 혹시 모르니까 한 번 더 확인할게.”

대부분의 물건은 보급으로 나온다는 것을 익히 들었다. 그래서 가져가야 하는 물건이 그리 많지는 않았다. 그래도 가져가면 좋을 것 같은 물건들을 가방에 넣어 뒀다. 침대에 누워 바라본 천장이 낯설게 느껴졌다.

다음 날, 나와 가족은 일찍이 비행기에 올라탔다. 우리는 시내를 구경하다 숙소에서 남은 시간을 보냈다. 마지막 만찬은 대전에서 제일 유명하다는 고깃집으로 정했다.

“한 잔 받아.”

아빠가 나의 잔에 맥주를 채워주었다.

“혹시나 괴롭히는 사람 있으면 바로 말해. 근데 요즘

에도 그런 게 있으려나."

"가보면 알겠지."

나는 맥주의 향을 최대한 느끼며 고개를 끄덕였다.

끝나지 않길 바랐던 식사가 끝나고 나는 가족들에게 잠깐 산책하고 들어가겠다고 말했다. 엄마는 원 없이 걷고 오라며 내 등을 토닥여 주었다. 처음 와보는 대전의 어딘가를 계속해서 걸었다. 처음 와보는 낯선 도시였지만, 이상하게도 서울에서 살던 동네와 닮아 있었다. 거리에는 사람들이 꽤 있었다. 내일이 오면 다신 마주치지 않을 사람들이었다. 숙소로 돌아가는 길에 대학교 선배인 정우 형에게서 전화가 왔다.

"어, 형."

"시간 빠르다. 그치?"

"그러게."

"맛있는 거 많이 먹었냐?"

"방금 고기까지 먹었어."

"인호야, 생각 너무 많이 하지 마."

"그래, 전화 줘서 고마워 형."

"그래, 휴가 나오면 연락해."

정우 형과의 통화를 마치고 나는 바로 민지에게 통화

가 가능하냐고 문자 메시지를 보냈다. 그러자 민지에게서 바로 전화가 왔다.

"어, 민지야. 뭐 하고 있었어?"

"나 토익 공부하고 있었어. 오빠는?"

"그냥 걷다가 목소리 듣고 싶어서 문자 보냈어. 근데 이제 들어가려고."

"나도 전화하려던 참이었는데. 다행이네."

"민지야."

"응?"

"힘들면 기다리지 않아도 돼."

잠깐의 침묵이 흘렀다. 나는 괜한 말을 했나 싶어 잠시 나를 자책했다. 그러나 도저히 건너뛸 수 없었다.

"오빠 보고 싶다. 빨리 휴가 나와야 해. 알겠지?"

"그래, 곧 보자."

마지막 숙제를 끝내고 나는 조금은 홀가분한 마음으로 숙소로 들어갔다. 샤워를 하고 침대에 누우니 그제야 내가 내일 입대를 한다는 게 실감이 났다. 내일은 과연 어떨까. 커다란 두려움과 조그마한 설렘을 안고 눈을 감았다. 그리고 눈을 떴다. 거짓말처럼 다음 날이 밝아져 있었다. 아침을 너무 많이 먹으면 나중에 고생을 할 것 같아서 간단하게 배를 채우고 차를 탔다. 창밖으로 보이는 모든 것이 아득히 먼 꿈만 같았다. 하지만 '논산'이라는 글자가 보이는 순간 얼른 꿈에서 깨어나야 했다.

논산은 말 그대로 논과 산밖에 보이지 않았다. 그렇게 자주 갔던 편의점 하나를 찾아보기가 어려웠다. 입영소에 다다르자 어떤 아주머니가 경광봉을 들고 차량 유도 같은 것을 하는 모습이 눈에 들어왔다. 우리는 앞차를 따라 그 불빛이 향하는 곳으로 이끌렸다. 그러자 한 고깃집이 우릴 향해 웃고 있었다.

우리는 사람이 아닌 내비게이션만을 믿으며 다시 입영소로 향했다. 군복을 입은 청년이 엑스 반도를 차고 차량 통제를 하고 있었다. 검은색과 빨간색이 붙어 있는 모자도 쓰고 있었다. 이름도 얼굴도 모르는 사람이었지만 나는 그 사람에게 패배감을 느꼈다.

'6개월만 일찍 갈걸.'

나도 모르게 혼잣말이 튀어나왔다. 하지만 아무짝에도 쓸모없는 후회였다. 우리가 차에서 내리자, 주변에 있는 사람들이 모기떼처럼 우리에게 달려들었다. 그들은 엄마 손에 전단지를 쥐여 주었다.

"이 근방에서 우리 펜션이 제일 싸. 수료식 때 꼭 오세요."

그들은 우리의 눈을 쳐다보지도 않은 채 말했다. 우리에게 볼일이 끝나자, 모기떼들은 다음 먹이를 향해 날아갔다. 나의 이런 감정조차도 누군가에게는 그저 돈벌이 수단일 뿐이었다.

거기엔 온통 나와 비슷한 사람들로 가득했다. 출발한 곳은 모두 달랐지만 우리는 모두 같은 곳으로 걸어갔다. 한여름의 열기가 살아 숨 쉬는 듯한 드넓은 운동장에는 징집과 모집이라는 생소한 글자의 표시가 세워져 있었다. 나는 그 글자가 잘 보이는 그늘진 계단에 앉았다. 10분도 지나지 않아 운동장 주위가 가득 채워졌다. 각자가 하고 싶은 말을 시간에 쫓겨 쏟아내느라 주위는 어수선했다. 눈물을 보이는 이도 있었다. 그에 반해 우리 가족은 아무런 대화를 나누지 않았다. 남들 가는 거 너도 똑같이 가는 거라던 엄마의 생각이 반영되었던 탓이지 않았을까.

"온통 고기 냄새네."

이 상황을 관통하는 듯한 누나의 말을 끝으로 입영식이 시작되었다. 간소한 의례가 행해지고 징병들은 모집과 징집 글자 뒤에 알맞게 줄을 서라는 첫 번째 명령이 내려왔다. 나는 마지막으로 엄마, 아빠, 누나와 포옹을 했다.

"인호야 중간만 해, 딱 중간만."

이곳의 중간이 어디인지 나로서는 알 수 없었다. 결국 엄마의 말에 대답을 하지 못하고 징집이라는 단어가 적힌 팻말을 향해서 걸어갔다. 걱정이 많은 성격인 나는 그 순간까지 걱정을 놓지 못했다. 나의 건너편에 모여 있던 인파는 서서히 줄어들었고 내가 대열에 합류했을 때는 모두 없어져 있었다. 이제 나의 시선은 형광 엑스 반도를 찬 청년들에게 쏠렸다. 그들은 모자를 깊게 눌러써 눈매가 보이지 않았다. 선글라스를 착용한 이들도 있었다.

"코로나 한 번이라도 걸려 본 사람은 옆으로 빠지면 된다."

중앙에 서 있던 사람의 지휘로 우리는 분류되기 시작했다. 분류가 완료되자 엑스 반도를 찬 남자가 내게 말했다.

"너는 29연대 1교육대 1중대 3소대 3분대다. 두 번 말 안 한다."

29연대 1교육대 3소대 3분대. 나는 이를 까먹지 않으려 안간힘을 썼다. 우리는 일어나라는 지시에 맞추어 일제히 어딘가로 걸어갔다. 내리쬐는 햇살을 온전히 맞으며 걷는 것은 혹독했다. 나는 빨리 들어가서 쉬고 싶다는 생각을 하며 그저 앞사람을 따라갔다.

도착한 곳은 간단한 신체검사를 하는 곳이었다. 혹시라도 내게 행운이 일어날지도 모른다는 상상을 해보았지만, 내가 생각해도 그 확률은 아주 희박했다. 역시나 아무런 일도 일어나지 않았고 나는 아무런 이상이 없는 사람이 되었다. 신체검사를 마치자 주황 엑스 반도를 찬 남자가 우리를 기다리고 있었다.

"반갑다. 나는 29연대 1교육대 3소대장 현용철이다."

그는 짧은 자기소개를 마치고 우리를 인솔했다. 물 한 모금이 간절한 날씨였다. 그때 내 앞에서 물방울이 떨어지는 게 보였다. 그 물방울의 발생지는 앞사람의 가방이었다. 그도 그게 신경이 쓰였는지 물방울이 떨어지는 것을 손바닥으로 막으며 걸음을 이어갔다. 나는 그것마저 부러웠다. 그는 내 시선을 의식했는지 잠시 뒤를 돌아봤다. 우리는 눈이 마주쳤다. 그리고 마치 약속한 듯이 서로를 향해 웃었다.

저 멀리서 군대 막사처럼 생긴 건물이 눈에 들어오기 시작했다. 가슴이 두근거렸다. 눈에 보이는 곳에 도달하기까지는 꽤 시간이 걸렸다. 도중에 있넌 큰 십자가와 불상이 붙어 있는 건물은 기괴해 보였다. 우리는 무사히 목적지에 도착했다. 본격적인 시작조차 하지 못했지만 나는 이미 지쳐 있었다. 우리는 창고에서 하계 활동복을 보급받았다. 전투복은 언제 받는지 궁금했지만 물어봤다가 좋은 꼴을 보지 못할 것 같아 가만히 있었다.

나는 그들이 지정해 주는 곳으로 들어갔다. 그리고 163번 훈련병이 되었다. 물방울 사나이는 나의 바로 앞 번호였다. 생활관은 내가 생각했던 것보다 훨씬 좋았다. 무려 신식 건물에다 침대도 있었다. 시작부터 행운이 따르는 게 분명했다. 첫 식사는 컵라면과 카레 비빔밥이라고 적힌 전투 식량이었다. 나는 처음 보는 이와 눈을 마주치며 식사를 했다. 컵라면은 당연히 내가 알던 맛이었는데, 카레 비빔밥은 쌀알이 그대로 씹혔다. 소스도 내 취향은 아니었다. 그래도 남김없이 다 먹었다. 식사를 마치자 누군가가 우리 생활관 문을 덜컥 열었다.

"환복해라."

나는 얼른 ROKA라고 적힌 옷으로 갈아입었다. 그러고는 눈으로 생활관 구경을 하기 시작했다. 관물대에는 탄창과 방탄모가 놓여 있었다. 16명이나 같은 공간에 있었지만, 누구 하나 선불리 말을 꺼내지 않았다. 하지만 물방울 사나이와 눈이 마주치자 우리는 동시에 웃음이 터졌다. 그의 가방이 안녕한지 몹시 궁금해졌다. 그는 손가락으로 어딘가를 가리켰다. 그곳에는 세탁망이 있었다. 안은 생필품들로 가득했다. 우리 생활관 문이 다시 덜컥 열렸다.

"핸드폰 내고 샤워해라."

우리는 그의 말을 따라 핸드폰을 제출하고 샤워장으로 갔다. 아까 흘린 땀은 이미 식은 뒤였지만, 샤워를 할 수 있다는 사실만으로도 행복했다. 얼마 남지 않은 머리를 감을 때 물방울 사나이가 나에게 말을 걸었다.

"미안한데, 샴푸 한 번만 빌려줄 수 있어요? 아까 가방이 지랄 나가지고."

"올인원인데 괜찮아요?"

샤워를 마치고 우리는 침대에 부동자세로 앉아 있었다. 누군가가 시킨 것도 아니었지만 그래야 할 것만 같았다. 그때 천장에서 방송이 흘러나왔다.

"후후, 오늘 입영한 훈련병들 모두 반갑다. 나는 29연대 1교육대 1중대장 강동진이다. 훈련병들은 앞으로 6주간 이곳에서 훈련을 받을 예정인데, 충분히 할 수 있는 것들이니 너무 겁먹지 않았으면 좋겠다. 중대장이 이렇게 방송을 하는 건 여러분에게 강조하고 싶은 것이 있기 때문이다. 중대장은 신상필벌을 매우 중요시하는 사람이다. 잘하면 포상을 줄 것이고 잘못을 할 경우에는 바로 징계를 내릴 것이다. 그러니까 하면 안 될 것 같은 짓들은 그냥 하지 않는 것을 추천한다. 그리고 여러분들은 지금 모두 똑같은 훈련병이다. 아마 일반적인 훈련병들보다 나이가 조금 많은 훈련병도 있을 텐데, 형 동생 맺지 마라. 서로 존댓말을 할 필요도 없다. 형 동생을 맺으면 서열이 생기고 서열이 생기면 꼭 불미스러운 일이 발생한다. 이왕 군대 온 거 쓸데없는 짓 하지 말고 훈련 잘 받고 수료하기를 바란다. 끝으로 복무 신조 외치는 법을 알려주겠다. 중대장이 복무 신조라고 선창을 하면 여러분들이 우리의 결의라고 크게 외치면 된다. 복무 신조."

"우리의 결의!" 우리는 각자의 결의를 크게 외쳤다.

"우리는 국가와 국민의 충성을 다하는 대한민국 육군이다.

하나, 우리는 자유민주주의를 수호하며 조국 통일의 역군이 된다.

둘, 우리는 실전과 같은 훈련으로 지상전의 승리자가 된다.

셋, 우리는 법규를 준수하고 상관의 명령에 복종한다.

넷, 우리는 명예의 신의를 지키며 전우애로 굳게 단결

한다."

"빠른 시일 내로 외우기를 바란다. 오늘 하루 정신없었을 텐데 미비된 동작 마무리하고 22시까지 소등 후 취침할 수 있도록, 이상."

비록 10분 정도였지만 나는 많은 것을 해내야 했다. 분주한 건 나뿐만이 아니었다. 나는 양치질을 하기 위해서 세면장에 갔다가 곧바로 생활관으로 돌아왔다. 나는 가방에서 일기장을 꺼내어 오늘 하루와 그 안에 있던 마음을 적기 시작했다.

2023/07/31

입대를 했다. 정신이 매우 없었지만 열심히 해보려고 한다. 우선 하루하루 느꼈던 감정을 이곳에 꾸준히 정리하고 싶다. 뭐든 열심히 하자. 그리고 나와의 약속도 꼭 지키자. 보고 싶은 사람이 많다.

일기장을 덮고 침대에 누워 천장을 바라봤다. 어제와는 너무나도 다른 천장이었다. 눈을 감고 어서 피곤했던 하루를 마무리하고 싶었지만 내 위층 침대에서 들려오는 코 고는 소리 때문에 쉽게 잠이 들 수 없었다. 그렇게 3시간이 흘러갔다. 잠을 자야 한다는 강박이 미친 듯이 몰려올 때 누군가 나를 깨웠다.

"저기, 불침번 서셔야 돼요."

겨우 정신을 붙잡고 불침번 자리에 섰다. 달력을 보니 어느새 나의 시간은 8월로 넘어가 있었다. 전역일은 달력을 17번이나 넘겨야 나타났다. 한숨밖에 나오지 않았다. 아득히 먼 미래였지만 나는 전역해서 해야 할 것들을 머릿속으로 정리하기 시작했다. 전역하고 복학하면 23살이고 더 이상 부모님에게 의존할 수 없다는 것이 나의 결론이었다. 학교를 다니면서 생활비를 벌려면 아르바이트를 해야 하는데 악명 높은 서울의 월세와 생활비를 동시에 해결해 주는 아르바이트를 구할 수 있을까 싶었다. 사실 그것보다는 얼른 불침번 교대를 해 잠이나 제대로 자고 싶었다. 하지만 시계를 보니 내가 온전히 잠을 잘 수 있는 것은 단 2시간이었다. 심지어 코 고는 소리는 아직까지도 생활관 안을 날아다니고 있었다.

나의 시선은 은은한 빛을 내는 불침번 등을 따라 옆 생활관 창문으로 이어졌다. 거울 같은 창문에는 나와 같은 옷차림을 한 남자가 서 있었다. 우리는 분명 눈이 마주쳤다. 그 남자는 나에게 거수경례를 했다. 나도 그에게 그대로 경례를 돌려주었다. 얼굴도 이름도 출신지도 모르는 사람이었지만 그 존재는 작은 위로가 되었다. 교대 시간을 10분 남기고 나는 다음 근무자의 침대에 조용히 걸어갔다.

"불침번 서셔야 합니다."

다행히 그는 곧바로 일어났지만 그의 표정이 그의 마음을 대변해 주는 것 같았다. 얼마간의 부스럭거림이 있고 나서 그는 나의 어깨를 건드렸다.

"고생하셨습니다. 이제 주무세요."

"네, 고생하세요."

나는 침대에 누워 눈을 감았다. 눈을 뜨고 손목에 있는 시계를 확인해 보니 시간은 5시 58분이었다. 다시 눈을 감기에는 절망적인 시간이었다. 정적은 기상나팔 소리에 산산이 부서졌다. 말로만 듣던 그 나팔 기상은 눈이 안 떠질 수가 없을 정도로 시끄러웠다. 우리 생활관 문이 다시 덜컥 열렸다.

"모포 개는 법 알려준다. 두 사람씩 짝지어 봐."

나는 물방울 사나이와 짝을 짓고 싶었지만, 자연스럽게 내 위층 침대를 쓰는, 나의 밤을 망친 수범과 짝이 되었다. 다행히 모포를 개는 법은 어렵지 않았다. 우리는 여러 장의 종이를 받았다. 어제부터 우리 생활관의 문을 자주 연 사람은 무슨 일이 있더라도 종이를 잃어버리지 말라고 당부했다. 간단한 자기소개도 하였다. 그의 이름은 최성훈이었고 일병이었다. 나눠 받은 종이는 선불리 서명을 하면 안 될 것 같은 그런 내용이었다. 하지만 당연하게도 나에게는 다른 선택지가 없었고 나는 그 종이들에다 서명을 했다.

조금 귀찮은 게 있었다면 식사를 하는 것이었다. 한정된 공간에서 많은 사람들이 식사를 하기 위해서는 질서가 필요했고 이 때문에 우리는 제식 걸음을 하며 취사장으로 이동하고 식사 시간보다 몇 배는 더 많은 대기 시간을 가져야 했다. 조교들이 지켜보고 있기에 큰 소리로 떠들 수는 없었지만 생활관 동기들은 대기 시간을 이용해 조금씩 서로에 대해 알아가기 시작했다. 그러나 나는 그들에게 관심을 주고 싶은 마음이 없었다. 내게 중요한 것은 남는 시간들을 최대한 잘 활용하는 것뿐이었다. 그렇기 때문에 나는 대기 시간에 틈틈이 독서와 글쓰기를 했다. 조교가 생활관으로 들어올 것 같으면 재빨리 베개 밑으로 책을 숨겼다. 하지만 그런 모습이 그들에게 흥미로워 보였던 듯하다.

"아까부터 뭘 그렇게 써요? 여자친구 편지?"

덩치가 좀 있는 남자가 나를 보며 물었다. 그 남자가 생활관의 분위기를 주도하는 듯했다. 게임은 뭐 하냐, 담배는 피우냐, 사회에서 뭐 하다가 왔냐 등등의 질문의 주체는 항상 그였다.

“아니요. 그냥 생각하는 거 적고 있어요.”

나와 똑같이 단 하루가 지났을 뿐이었는데도 그는 많은 것을 알려 주었다. 핸드폰을 하나 더 가져오는 방법부터 해서 담배를 몰래 필 수 있는 곳, 마음에 안 드는 조교가 있을 때 그를 다른 부대로 전출 보낼 수 있는 방법까지 그 정보들의 출처 어딘지 궁금할 지경이었다. 그의 나이는 나보다 2살 많은 23살이었고 친구들이 이미 다 군대를 갔기 때문에 자신도 웬만한 건 다 알고 있다고 말했다. 그를 따라다니며 그를 진영이 형이라고 부르는 추종자들도 금방 생겨났다.

나는 내 위층 침대를 쓰는 사람이 누구인지 알고 싶었다. 해코지를 하기 위해서가 아니라 단순히 어떤 사람인지가 궁금했다. 그의 덩치는 나의 두 배 정도 되었고 그의 험악한 인상에 나는 압도되었다. 하지만 그의 목소리는 굉장히 가늘었고 말을 자주 더듬었다.

물방울 사나이는 그날도 나에게 샴푸를 빌렸다. 그는

그것이 마음에 걸렸는지 점호가 끝나고 나에게 이어 플러그를 수줍게 내밀었다. 그의 이름은 한유성이었고 부산에서 왔다고 했다. 나랑 동갑이었다. 불침번은 이틀에 한 번꼴로 돌아왔기에 나는 어제 자지 못한 잠까지 자버리겠다는 마음으로 눈을 감고 귀를 막았다.

우리는 계속 검사를 받았다. 세상에 존재하는 거의 모든 검사를 받은 것 같았다. 힘든 것은 없어서 내심 다행이라고 생각했지만 이곳에 오고 일주일 정도가 지날 때까지 진정한 시작조차 하지 못한 것 같아 답답하기도 했다. 그래도 나는 그때그때에 최선을 담으려고 노력했다. 하지만 불행인지 다행인지 내 위층 침대를 쓰던 사람은 조기 퇴소를 하였다. 이유가 정확히 알지는 못했으나 들리는 얘기로 미루어 보았을 때 정신적인 문제가 가장 유력했다. 그가 짐을 싸고 떠나자마자 분대장 훈련병이 된 장진영이 우리에게 말했다.

"요즘은 저런 장애인들도 군대에 보내나. 나라가 씨발 말이 안 되네."

그는 순수하지 않은 미소를 지으며 나를 쳐다봤다.

"인호야 다음은 너 차례인 거 알지?"

나는 아무 말도 하지 않았다. 말할 이유를 찾지 못했다.

귀찮은 일이 생긴 것 같았지만 시간이 어느새 토요일에 맞닿아 있었다는 것이 그 외의 모든 것을 덮어버렸다. 나는 불침번 초번초 였기에 온전한 정신으로 다른 생각을 할 수 있었다. 나는 내일 핸드폰을 받으면 해야 할 것들을 머릿속으로 정리했다. 생각과 생각 사이를 자유롭게 여행하다 보니 어느새 근무를 교대할 시간이 되어 있었다. 설레는 마음으로 다음 근무자와 교대하고 주말을 맞이했다. 눈을 떠보니 6시 50분 언저리였다. 나는 무언가 잘못되었다는 걸 인지했지만 다른 이들은 하나같이 평화롭게 잠을 자고 있었다. 주말에는 기상 시간이 달랐다. 하지만 곧이어 청소 구역을 청소하라는 방송이 들렸고 나는 아무 말 없이 샤워장에서 청소를 했다.

"형 핸드폰 받으시면 뭐 할 거예요?"

나보다 1살 어린 도영이가 내게 물었다. 도영이는 재수를 하고 있었는데 6월 모의고사를 망치고 입대했다고 말했다. 나보다 고작 1살이 어렸지만 20살이라는 점과 군대에서 입시를 준비한다는 점 때문에 도영이에게 마음이 갔다.

"1시간이니까 연락 좀 하다 보면 금방이지 않을까?"

"형은 그래도 여자친구 있으니까 좋겠네요."

"너도 대학 가서 만들면 되지."

늘 비좁게만 느껴졌던 샤워장이, 그때만큼은 이상하게 넓어 보였다. 다시 방송이 들릴 때까지 그곳을 닦고 또 닦았다. 우리는 점심을 먹고 핸드폰이 불출되는 시간까지 누워서 TV를 봤다. 훈련병치고는 꽤 거창한 호사였다. 하지만 다들 TV보다 시계를 더 많이 봤다. 15시가 되자 핸드폰을 가지고 가라는 방송이 흘러나왔다. 모두들 핸드폰 보관함으로 돌진했다. 나는 천천히 그들을 뒤따라갔다.

핸드폰을 받자마자 숨 가쁘게 메시지들과 부재중 전화를 확인했다. 하지만 전파가 잘 잡히지 않는다는 변수가 있었다. 다행히 창가 자리인 유성이가 자신의 침대를 빌려주었고 나는 엄마에게 전화를 걸 수 있었다. 엄마와 누나는 반가움이 묻어나는 목소리로 나를 맞아주었다. 통화를 더 하고 싶은 마음이 굴뚝 같았지만 한정된 시간이 그것을 허락하지 않았다. 나는 다음에 또 전화하겠다는 말을 끝으로 엄마와의 통화를 마쳤다. 그러고는 곧바로 민지에게 전화를 걸었다. 안 받으면 어쩌나 싶은 걱정은 민지의 떨리는 목소리를 듣자마자 사라졌다.

"오빠, 괜찮아?"

"아직까지는 딱히 한 게 없어서, 앞으로가 걱정이지."

"오빠는 잘할 거야. 밥은 먹을 만해?"

"응, 생각보다는? 민지는 방학인데 뭐 해?"

"나는 수인이 언니랑 놀고 있어."

"그래, 민지야 재밌게 놀고 다음에 또 전화하자."

"응 오빠도 잘 지내고 있어."

통화가 끝나자 소리가 사라진 세상이 다시 나를 감쌌다. 잠시 창밖을 바라보다가 고개를 돌렸다. 현실은 여전히 같은 속도로 흐르고 있었고 나만이 멈추어 있었다. 두 번의 통화를 했을 뿐인데 핸드폰을 쓸 수 있는 시간은 정말 조금 남아 있었다. 나는 주변 사람들의 근황을 확인하고 나의 1시간을 마무리했다. 기다리던 시간이 끝나고 다시 현실로 돌아오자 걱정들이 다시 피어났다. 제식, 사격, 수류탄, 각개 전투까지 해야 할 숙제들이 너무 많게 느껴졌다. 심지어 다음 주부터는 배식조라고 해서 취사장에서 추가로 일도 해야 했다. 나는 밤새 걱정의 숲을 헤매고 또 헤맸다.

생각해 보면 나는 늘 배우는 속도가 남들보다 더디었다. 남들이 한 번 하고 바로 습득하는 일을 나는 열 번도 더 넘게 하여 겨우 몸에 익혔다. 사회에서는 시간에 기대기라도 할 수 있었지만, 여기서는 그런 건 쉽게 허락

되지 않는다. 총기 제식이 첫 번째 고비였다. 앞에 총과 세워 총을 비롯한 동작을 독립적으로 배울 때는 잘 따라 했고 다른 동작들도 문제가 되지 않았다. 하지만 동작이 이어지자, 머릿속이 새하얘졌다.

"163번 집중해라."

조교의 경고에 나는 정신을 바짝 차려야 한다고 스스로를 다그쳤다. 하지만 마음처럼 행동이 잘 따라주지 않았다. 그 결과 군대에 온 이래로 처음 누군가에게 혼이 났다. 제식 시간이 다 끝나고 생활관에 복귀하고도 나는 총기 제식을 연습했다. 혼이 난 건 속상했지만 분명 내 잘못이었다. 이런 것 하나 제대로 못 하는 내게 화가 났다. 총기 제식에 자신이 생길 정도로 연습이 되었다 싶을 때에 배식조를 부르는 방송이 들렸다. 우리는 도구들을 챙기고 취사장으로 향했다.

한여름의 논산 하늘은 물감으로 칠한 듯 푸르렀다. 내가 올려다본 하늘 중에서 가장 눈이 부셨다. 내가 하늘을 보며 걷자 내 옆에서 같이 걷던 도영이도 하늘을 올려다봤다.

"원래 논산은 볼 게 하늘밖에 없다고 하잖아요."

"이렇게 좋은 날에 여기서 뭐 하고 있는 거냐."

"형 괜찮아요? 아까 성훈이가 형한테만 지랄하던데."

"내가 못한 거니까 혼나는 게 당연하지."

"성훈이도 아직 짬찌니까 더 그런 것 같아요, 유도리가 없어, 유도리가."

배식조가 하는 일은 단순했지만, 체력적으로는 소모가 컸다. 음식들을 옮기고 배식을 하고 식사가 종료되면 뒷정리를 하는 정도의 일이었지만 이 모든 일의 규모가 꽤 컸다. 그리고 이 과정을 하루에 세 번, 일주일 동안 반복하는 것이 가장 큰 고역이었다. 그렇다고 훈련 열외와 같은 이익이 따라오는 것도 아니었다. 그래서인지 모두가 예민해져 있었다.

유독 사투리 억양이 심했던 창원 출신의 민호가 자꾸 실수를 하였다. 치명적인 실수들은 아니었지만 누군가에겐 충분히 거슬릴 만한 일들을 끊어내지 못했다. 그때부터 민호가 잠시 자리를 비울 때, 그를 욕하는 것이 하나의 문화로 자리 잡았다. 안타깝다고 생각했지만 관여하고 싶지는 않았다. 결국은 그가 스스로 해결해야 할 문제라고 생각했다.

체력 측정은 만족스러웠다. 사실 사회에 있을 때는 팔굽혀펴기를 하나도 제대로 하지 못할 정도로 약골 기질이 있었는데, 군대에 오기 전 한 달부터 매일같이 헬스장에서 연습을 한 보람이 있었다. 내가 동기들 중에서 가장 좋은 체력 등급을 기록하자 소대장님이 나를 따로 불렀다. 잘못한 것이 분명하게 없었기에 불안하지는 않았지만 나를 왜 따로 부르셨는지 궁금하기는 하였다. 항상 엄격하고 진지한 표정이었던 소대장님이 나를 보자 환하게 웃으셨다. 나는 그의 웃음이 신기했다.

"군 생활은 할 만하나?"

"아직 얼마 하지 않았지만 나름대로 잘 적응하고 있다고 생각합니다."

"그래, 다행이네. 내가 볼 때 너는 체력도 괜찮고 전교 회장을 할 정도였으면 리더십도 있는 것 같은데 혹시 조교 할 생각 있나?"

나는 그제야 입대 첫날 자기소개서에 이력이라며 이런저런 경력을 빽빽이 적어냈던 게 떠올랐다.

"혹시 뭐 하나만 여쭤봐도 되겠습니까?"

"얼마든지 물어봐라."

"사실 저는 군대에서 공부도 하고 책도 많이 읽고 싶은 욕심이 있습니다. 조교를 하게 되면 이런 자기 계발을 하는 데에 영향이 있는지 여쭤보고 싶습니다."

"음. 너도 알겠지만 훈련병들이 들어올 때는 조교가 제일 바쁘다. 그때 자기 계발을 하는 것은 현실적으로 어렵지. 다만 한 기수를 보내고 다음 기수를 받을 때까지는 시간이 꽤 여유롭다. 그리고 나는 개인적으로 공부하고 책을 읽는 것도 좋은 자기 계발이지만, 이렇게 많은 훈련병을 관리해 보는 것도 좋은 경험이라고 생각한다."

군대에서 새로운 도전을 하는 것만으로도 분명 의미 있는 일이었다. 휴가가 많다는 것도 매력적이었다. 그리고 결정적으로 불확실한 미래에 나를 내던지고 싶지 않았다.

"분대장, 하고 싶습니다."

"그래, 알았다."

소대장님과의 짧은 면담을 마치자 내 몸이 가벼워진 것 같았다. 하지만 내 안에서는 아주 작고 사소한 불안이 조용히 살아났다. 내가 얻게 될 것보다 잃게 될 것의 무게를 알고 싶었다. 생활관에 복귀하자 내 침대에 낯선 종이들이 올려져 있었다. 그리고 모두가 종이를 뚫어져라 쳐다보고 있었다.

"형, 인편 왔어요. 인기가 많으시네요."

도영이가 빈 나의 위층 침대에서 말했다.

편지들은 꽤 많이 쌓여 있었다. 나는 첫 번째 종이를

들어 올렸다. 잊고 있던 온기가 천천히 되살아났다.

사랑하는 아들에게

우리 인호, 엄마가 이름을 인호라고 짓고 성이 강이기 때문에 강 인호라는 이름으로 21년을 무탈하게 잘 자라줘서 너무 고맙다. 다들 군 생활이 힘들고 어렵다 하지만 우리 인호는 엄마가 보기에 순발력도 있고 눈치도 있고 현명함도 있으니 잘할 거라 믿는다. 요즘 식단표를 보니 계란이 자주 나오는구나. 어렸을 때부터 계란을 못 먹는 너였기에 걱정은 좀 된다. 동기들과 조교들 사이에서 어려움도 많겠지만 참는 게 이기는 거라는 말도 있듯이 잘 참아내고 너무 잘하려고 하지도 말고 딱 반만 했으면 좋겠다. 요즘 날씨가 많이 더워서 처음으로 더위에 크게 고생할 거라 생각한다.

엄마 아빠 누나는 잘 있다. 항상 너를 위해 모두가 기도하고 있으니 모든 게 잘될 거라고 믿는다. 파이팅.

군대 만화에서는 엄마의 편지를 읽고 울컥하는 주인공이 꼭 등장했다. 나도 드디어 그들의 심정을 이해할 수 있었다. 나는 엄마의 사랑을 고이 접고, 다음 편지들을 읽었다. 친구들과 친하게 지냈던 대학교 인연들에게서 온 편지들이었다. 이들에게 너무 고마운 마음이었지만 그중에는 뜻밖의 사람들도 있었다. 평소 그렇게 가깝다고 느끼지 않았던 이름들이었다.

2023/08/17

본격적인 훈련이 시작되고 정신이 없어졌다. 하는 게 많아지니 하루가 금방 흘러간다. 이런 상황일수록 내가 나를 잘 잡고 있어야 한다. 이곳에서는 나 말고 나를 책임져 줄 사람이 없다. 뜀뛰기도 하고 교육도 받고 혼도 나고. 내가 잘못한 것이 있으면 이에 대한 비판을 겸허히 받아들이고 나아지려는 태도도 중요하다고 생각한다. 이 또한 자기 계발의 과정이라고 믿는다.

그래도 같은 분대원들과 정이 드는 것 같아 나름 즐겁기도 하다. 그래도 아직까지는 꿈에 바깥 사람들이 나온다. 감사하게도 편지를 꽤 받았다. 이중에는 솔직하게 친하다고 생각하지 않는 사람도 있었다. 나중에 시간이 많이 지나더라도 오늘의 감사함을 잊지 말자. 인간관계란 참 신기한 것 같다.

편지를 덮고 나서도 글자들이 떠올랐다. 단순한 기억이 아니었다. 혹서기 일과가 시행되는 주였다. 혹서기 일과는 온도가 너무 높아 주간에 정상적인 훈련을 하기 어려운 한여름에 시간을 앞당겨 일과를 진행하는 것을 뜻한다. 그렇기에 우리는 새벽 3시에 일어나 훈련을 받으러 가야 했다. 물론 수면 시간은 오침과 1시간 이른 취침 시간으로 보장되었다. 그렇다고 해도 새벽 3시에 일어나 일과를 하는 것은 힘든 일이었다. 특히 비가 오는 날에는 더 그랬다. 세상이 아직 기지개를 켜지 않은 시간에 악취가 나는 판초 우의를 입고 어딘지도 모르는 사격장으로 열을 맞추어 걸을 때 내가 군대에 왔음을 실감했다. 논산의 어느 새벽은 보이지 않는 밤, 소똥 냄새, 끊이지 않는 군홧발 소리가 전부였다.

훈련이야 해치우면 그만이었기에 그 자체가 큰 문제가 되지는 않았다. 오히려 훈련을 받을 때만큼은 시간이 빠르게 흘러갔다. 하지만 문제는 항상 인간과 인간 사이에 있었다. 훈련에는 항상 환자 소대라는 것이 존재했다. 이들은 도보로 이동하는 것이 제한되는 환자였기에 열외되어 버스를 타 먼저 훈련장으로 도착했다. 훈련의 강도도 확연히 낮았고 뒷정리도 다른 사람이 대신해 주어야 했다. 그렇기에 환자 소대를 이용하는 이들도 당연히 생겨났다. 우리는 우스갯소리로 환자 소대에는 환자가 없고 모두 환자 연기를 하는 이들이라고 농담을 주고받았다. 하지만 누군가에게는 농담이 아니었을 것이다. 그렇게 욕을 하던 이들도 다음 날이 되면 환자 소대에 들어가 있었다. 그들을 욕할 수는 없었다. 그들은 그들의 선택을 나는 나의 선택을 한 것뿐이었다. 적어도 나는 그렇게 믿는다.

조교들 사이에서 내가 조교에 지원했다는 소문이 돌았는지 그들은 나에게 일과 외의 일들을 당연하게 시켰다. 내 도움이 필요하면 얼마든지 도와줄 수 있었지만 그들은 나를 이미 그들의 후임이라고 생각하는 것 같았다. 그래서 조교를 하는 것이 좋은 선택 같아 보이지가 않았다. 내 군 생활을 그들과 함께하고 싶지 않았다.

옆 분대인 3소대 2분대에서는 코로나 감염 환자가 다수 발생했다. 이들은 전원 격리되어 다른 건물에서 생활을 해야 했다. 누군가가 빠지면 누군가는 채워야 한다. 그렇기에 우리는 2분대 몫의 불침번까지 모조리 대신 서 줘야 했다. 가뜩이나 혹서기 일과여서 수면 시간도 짧은데 불침번까지 자주 서게 되어 우리는 늘 피로를 달고 살았다. 그래도 불이 꺼지면 늘 이야기가 피어났다. 우린 모두 다르게 이곳에 왔지만 이곳에서 똑같은 것을 하였기에 할 수 있는 이야기가 많았다.

그날 주제는 누구에게 편지를 받았는가였다.

시작은 항상 대장 노릇을 하고 있는 정진영이었다. 자신은 여자친구에게 편지를 받았고 요즘 그 편지에 대한 답장을 하느라 머리가 터질 것 같다고 하였다. 그리고 자신의 친구들과 휴가 나가면 타투를 같이 하기로 해 무슨 타투를 할지 고민이라고 하였다.

그의 추종자 중 하나인 한결이 슬쩍 말을 얹었다.

"1분대에 이레즈미 문신 한 사람 있잖아요, 형. 그 사람한테 말해봐요."

"그 사람이랑 수료식 날 맞담 하면서 물어봐야겠다."

그렇게 진영의 차례가 끝났다.

다음 차례들은 그리 인상적이지 않았다. 다들 엄마의 편지 이야기를 잘 하려고 하지 않는 것은 인상적이었다.

"나는 인호가 제일 궁금해, 존나 많이 받았던데."

진영이 또 내 이름을 불렀다. 나는 자려고 했지만 그의 집요함을 그냥 무시할 수는 없었다.

"가족들한테 많이 왔어요. 뭐 여자친구랑 대학교 선후배들한테도 조금 오고."

"선후배 누구, 여자?"

"네, 저희 학교가 워낙 여초여서 그럴 수밖에 없어요."

이 정도면 잘 넘어갔다고 생각하며 다시 눈을 감으려 했었다.

"이 새끼 완전 골라 먹네."

대전 출신의 나보다 1살 위인 이민형이 한 말이었다. 그가 장난이 심한 편이라는 것은 알고 있었고 나랑도 사이가 나쁘지 않았지만, 그 말만은 도저히 그냥 넘길 수가 없었다.

"형, 선 넘지 마세요."

나의 말에 생활관은 조용해졌다. 다행히 그는 바로 미안하다며 사과를 했다. 나는 그 사과를 받아주고 불침번을 설 준비를 했다. 그 말이 장난이었다는 것을 알았지만 마음이 편치 않았다. 누군가는 선을 그어야 했다. 오늘은 그게 나였다. 생각의 정리가 필요한 밤이었기에 그때의 불침번은 반가웠다. 내가 한창 근무를 서고 있을 때 도영이가 화장실에 가고 싶다며 생활관 밖으로 나왔다.

"형 기분은 좀 괜찮으세요?"

"아, 아까. 민형이 형이랑은 잘 지내고 싶으니까 그렇게 말한 거지."

"그럼 다행이네요."

"근데 형은 왜 근무 설 때 책 안 읽으세요?"

"걸리면 어떻게 감당하려고 그러냐, 아직 훈련병인데."

"안 걸리면 되죠, 형. 군대에서는 안 걸리면 합법이라는 말도 있잖아요. 안 걸리면 기합, 걸리면 기열인 거 모르세요?"

"몰라, 인마. 가서 잠이나 자."

아침 점호 때 유독 감명 깊었던 문구가 있었다.

'내가 사랑하고 나를 사랑하는 사람의 안녕을 기도합니다.'

내가 그들을 보고 싶어 하는 만큼, 그들도 나를 보고 싶어 할까. 나에게는 긴 3주였다. 많은 것이 변했고 앞으로는 더 많이 변할 것이다. 하지만 그들에게는 그저 지나가는 3주였을 테다. 시간은 어느새 교대 시간에 가까워져 있었다. 나는 그날의 일기에 책갈피를 꽂고 얕은 잠을 잤다.

사격 소리는 대포 소리 같았다. 이 소리가 내 몸 안에서 피어난다면 여지없이 죽을 것 같았다. 그래도 총을 쏜다는 게 왠지 멋지게 느껴졌다. 수류탄 훈련을 위해서는 정해진 과정을 거쳐야만 했다. 단순히 생각하면 안전핀을 뽑고 그대로 던지면 되는 것인데, 이게 단순하다는 것은 모두에게 해당되지 않았다. 아무리 사고율이 낮다고 해도 한 번 사고가 나면 목숨과도 직결되는 치명적인 사고이기에 나도 긴장을 하지 않을 수 없었다. 다행히 나는 멀리서 굉음을 들을 수 있었다.

화생방 훈련은 지옥을 체험해 본 것 같았다. 나는 1분 동안 가스를 그대로 들이마셨다. 내 신체에 달린 모든 구멍에서 고통이 느껴졌다. 나의 방독면에 문제가 있었는지 나에게 문제가 있었는지는 미궁으로 남았다.

훈련을 거칠수록 몸은 단련되어 갔지만 마음은 점점 얇아지는 것 같았다. 겁을 먹지 않는 법이 아니라, 겁을 숨기는 법을 배우고 있는 것 같았다. 훈련소는 끝을 향해 가고 있었다. 하지만 가장 어렵고 힘들다는 각개 전투와 행군이 남아 있었기에 마냥 좋지가 않았다. 그래도 중간에 경험한 PX라는 곳은 황홀했다. 곧 전역하는 조교는 홍삼 세트를 여러 개 샀다. 나도 언젠간 저럴 수 있겠지. 내가 생각해도 너무 이른 망상이었다. 그래도 오랜만에 먹는 과자는 정말 맛있었다. 사회에서는 아무렇지 않게 먹었던 과자인데, 하나를 먹을수록 하나가 줄어든다는 생각에 마음껏 즐기지는 못했다. 나와 도영이는 샤워장 청소를 하며 오늘의 소회를 늘어놓았다.

"형 각개 때 누구랑 짝이에요?"

"나 민형이 형. 나쁘지 않지."

"아 부럽다, 저는 민호예요. 씨발."

"야 그래도 형인데, 인마."

"형다워야 형이죠. 요즘 하는 짓 보면 진짜 한마디 할까 싶어요."

"민호가 그 정도야?"

"예, 다 싫어할걸요? 좋아할 수가 없죠. 저딴 폐급 새끼를 누가 좋아해요. 아마 다들 벼르고 있을 거예요."

"그렇구나."

'그렇구나.'가 나의 최선이었다. 나는 남 걱정을 할 처지가 되지 못했다. 다행히 각개 전투는 생각했던 것보다 어렵지 않았다. 그리고 훈련다운 훈련을 한 느낌이어서 진짜 군인이 된 기분이었다. 특히 철조망을 포복 전진으로 통과할 때는 전쟁 영화 속 주인공이 된 것 같았다. 그렇게 막사로 복귀하고 나와 민형이 형은 그날 밤을 위한 준비를 했다. 텐트를 설치하고 우리의 편의를 위해 필요한 것들도 구비해 놓았다. 어떻게 또 하루가 지나갔고 나와 민형이 형은 모기들이 놀러 오는 텐트에 나란히 누웠다.

"모기는 약을 쳐도 끊이지가 않네."

나는 지금이 민형이 형과 깊이 있는 대화를 할 절호의 기회라고 생각했다.

"형, 형은 민호 어때요?"

"그 새끼? 개폐급 새끼지. 가끔 보면 죽이고 싶어 진짜로."

"답답하네요. 걔도 그러고 싶어서 그러는 거는 아닐 텐데."

"씨발, 여기서 안 그런 새끼가 어디 있어? 군대에서 못하는 건 범죄야. 그 새끼는 여기서 범죄자야. 죽이든가 해야지."

"진영이 형은요?"

"왜, 진영이 형 좆같아?"

"그 정도는 아닌데, 별로 가까이하고 싶지는 않아요. 자꾸 여자친구 사진 보여달라 하고, 애들 휘어잡는 것도 마음에 들지 않고."

"그 형은 리더보다는 보스에 가깝지. 그럼 뭐 하냐, 그 새끼도 똑같이 끌려온 새끼일 뿐인데."

대화는 어느새 끊겼고 잠깐 눈을 감으니 누군가가 나를 깨우러 오는 소리가 들렸다. 나는 남은 밤 동안 밀렸던 생각들을 정리했다. 확실한 건 하나도 없었지만 불확실한 건 너무 많았다. 나의 사고와 행동 방식이 점점 이곳에 맞추어져 가는 것을 깨달으며 기상나팔을 맞이했다. 이제 남은 훈련은 행군 하나뿐이었다.

우리는 우리의 흔적들을 모조리 정리하고 군장을 쌌다. 나는 군장에 담으라는 것을 모두 담았다. 군대에 먼저 간 친구들의 편지를 보면 어차피 군장 검사를 따로 하지는 않으니 최대한 가볍게 가는 것이 좋다고는 했지만 그냥 그러고 싶지 않았다. 첫걸음이 힘겹긴 했지만 계속 걷다 보니 걸을 만했다. 익숙해지니 여유까지 생겼다. 나의 걸음은 멈출 줄을 모르고 이어졌다. 걷고 또 걸었다. 돌고 또 돌았다. 옆에서는 불안정한 숨들이 넘실거렸다. 어두운 밤, 도로 건너편의 불빛들이 마치 다른 행성처럼 아득하게 느껴졌다. 저 멀리서 내가 알던 세상이 나를 쳐다보는 것 같았다. 나는 무사히 완주를 했다. 민호도 중간에 포기하려고 했지만 어쨌든 완주를 했다. 나는 내심 뿌듯했다. 뒷정리를 하고 우리는 침대에 누웠다. 이번에도 진영이 형이 포문을 열었다.

"우리 이제 거의 끝났는데, 서로에게 하고 싶은 말 있으면 지금 하자."

뜬금없어 보였지만 나름 의미가 있는 행사라고 생각

했기에 나도 회의적이지 않았다.

"나 먼저 한다. 일단 너희들 존나 귀여워. 하는 짓 보면 그냥 귀여워. 그리고 고생했다, 이 씨발놈들아."

그의 말에 폭소들이 따라왔다.

"아 그리고, 고민호. 너는 이 씨발 새끼가, 정신을 어디에다 두고 다니는 거냐? 너 어제도 불침번 때 처졸다가 나한테 걸렸지."

"네, 미안합니다."

민호의 사투리가 구슬프게 울려 퍼졌다.

"'미안합니다.'가 아니라 '죄송합니다.'가 나와야지. 너는 진짜 사회였으면 나한테 존나 처맞았어. 너 자대 가서는 어떡하려고 그러냐, 진짜."

"진영이 형 저도 민호한테 한마디 해도 돼요?"

그의 위층 침대를 쓰는 세현이가 의사를 표명했다.

"야 고민호."

"응."

"너 내가 제식 할 때 발맞추라고 했지."

"어, 했지."

"근데 왜 안 맞춰?"

"미안하다."

"아니 이제 와서 미안하면 뭐 해, 진작에 좀 잘하든가."

"그게 내가 잘하려고 했는데 못해서 미안하다."

"핑계 대지 마. 너 저번에도 나한테 똑같이 말했어. 말을 하면 좀 처알아듣든가, 씨발 진짜."

"내일부터는 진짜 제대로 할게."

"아니 내일이 문제가 아니라니까? 너 자대 가서 이렇게 하면 어떻게 될 것 같아? 그냥 개처럼 처맞는 거야. 우리가 이렇게 하는 것도 고마운 줄 알아야 해. 알겠어?"

"그래, 고맙다."

나는 이 행사에 취지가 변질되고 있음을 느꼈다. 어쩌면 이 행사의 취지가 애초부터 내 생각과는 달랐을지도 모르겠다.

"저도 한마디 해도 되죠?"

도영이의 차례였다.

"민호 형."

"어."

"제발 정신 좀 차리고 다니세요."

"어 알겠어."

"그 정신머리로 대학은 어떻게 간 거예요?"

"형이 미안하다."

"진짜 더 이상 화나게 하지 마세요."

민호의 차례는 오지도 못한 채 그 행사는 끝났다. 민호는 우리에게 하고 싶은 말이 있었을까. 그에게는 긴 밤이었을 테다. 마음이 좋지 않았다. 내가 이 상황을 완전히 바꾸지는 못하더라도 내가 할 수 있는 최소한의 행위는 할 것이라고 다짐했다. 그게 나의 최선 같았다. 나는 어떠한 결심을 일기장에 적어놓고 긴 하루를 끝냈다.

다음 날, 최성훈 조교가 나를 따로 불렀다. 훈련도 끝났으니 본격적으로 일을 시키려는 걸까 싶었다. 내가 자리에 앉자 그는 조심스럽게 입을 열었다.

"분대장 한다며?"

"예. 그렇습니다."

"왜, 최전방으로 끌려갈까 봐?"

"그것보다는 휴가도 많은 편이라고 들었고 자기 계발도 하고 싶어서 지원했습니다."

"그렇다면 더더욱 하지 마라."

"잘 못 들었습니다?"

"아니, 정확히 잘 들었어. 너 내가 개인 정비를 얼마나 보장받는다고 생각하냐?"

"잘 모르겠습니다."

"많아야 30분이야. 물론 짬이 차면 더 생기겠지. 그런데 그게 1년이야. 너 공부하고 싶다며, 차라리 다른 데 가서 연등도 하는 게 낫지 않겠냐?

"예, 맞는 것 같습니다."

"물론 선택은 네가 하는 거지만, 신중히 선택했으면 좋겠다."

"신경 써주셔서 감사합니다."

"아 그리고 그 네가 쓴다는 소설은 뭔 내용이야?"

"아, 그게 말씀드리자면 좀 길어질 것 같습니다."

"아 그래? 나중에 나오면 꼭 읽어볼게."

"감사합니다."

그와의 대화가 있던 날 나는 소대장님에게 분대장을 하고 싶지 않다고 정중하게 말씀드렸다. 다행히 소대장님은 바로 알겠다고 하셨다. 금방 닳아 없어질 누군가의 인정보다 중요한 게 있었다.

징집 중에서 자신이 원하는 보직으로 군 생활을 하는 경우는 극히 드물다. 그래도 훈련소에 있는 동안에 여러 부대들이 직접 훈련소로 와서 면접을 보고 부대로 데려가는 경우는 꽤 있다. 하지만 그 시간이 모두 지난 후에 분대장 지원을 철회했기 때문에 오로지 운에 나를 맡겨야 했다. 나의 보직은 장애물 운용 M이었다. 나의 친구는 친히 장애물 운용 M에 대해 장문의 메시지로 설명을 해주었다. 간단히 말하자면 지뢰를 다루는 보직이었다.

입대를 얼마 안 앞두고 아빠랑 술을 마신 적이 있다.

그때 아빠가 나에게 어떤 보직을 하고 싶냐고 물어보셨다. 나는 다른 건 다 괜찮은데, 지뢰에 관련된 일은 정말 하고 싶지 않다고 대답했다.

하지만 운명은 나의 편이 아니었던 것 같다. 나는 절망에 빠졌지만 내 옆에 있는 동기들은 진심으로 나를 축하해 주었다.

"이 새끼 그러면 발목 날아가는 거 아니야?"

"형, 저 지금 진짜 심란해요."

"네가 뭘 할 수 있는데. 발목 날아가면 조기 전역 시켜주나?"

사실 제어할 수 없을 정도로 커져버린 걱정 때문에 대꾸할 힘도 없었다.

그리고 그날 밤에도 민호는 밤새 사과를 해야 했다. 나는 자는 척을 했지만 모든 것을 듣고 있었다. 이 상황이 안타깝기는 했지만 섣불리 나설 수는 없었다. 그리고 다음 날 민호에게 화장실 때문에 전우조를 한 번만 같이

해줄 수 있냐고 부탁했다. 민호는 흔쾌히 승낙했고 나는 지켜보는 사람이 있는지 확인했다. 다행히 다들 본인들 할 일을 하기에 바빴다.

민호와 훈련소 복도를 걸으며 나는 조심스럽게 말을 꺼냈다.

"군 생활 할 만하냐?"

"쉽지는 않은데, 그래도 이제 수료잖아."

"민호야. 내 오지랖일 수도 있는데, 재네들이 하는 말에 너무 신경 쓰지 마. 물론 네가 고쳐야 할 부분이 있다고 생각하면 그걸 받아들이는 건 괜찮은데, 저건 좀 심하다고 생각해서."

"어, 그래 고맙다. 나도 뭐 크게 신경 쓰지는 않아."

나는 아무렇지 않게 생활관으로 복귀해 일기를 쓰기 시작했다. 어느새인지 벌써인지는 몰랐지만 어쨌든 8월의 마지막 날이었다. 나는 그날도 내가 느꼈던 것들을 기록했다. 쓸 내용이 다른 날보다 많았다. 일기를 다 쓰고 이제 잘 준비를 하려는데 누군가가 또 포문을 열었다. 나는 주의를 기울였다.

"내일 개강이겠네. 좆같다. 씨발 거."

이번에는 나도 공감할 수 있는 주제였다.

"신기한 거 알려줄까? 내년에도 우리 학교 못 간다."

며칠 전에 학교에 가는 꿈을 꿨다. 그리고 이제는 꿈에 훈련소 동기들이 나온다. 분명 얼마 전에 있던 일인데, 이제는 너무 멀어져 버린 것 같았다. 하지만 내가 할 수 있는 건 눈을 감고 그저 내일을 기다리는 것뿐이었다.

다음 날 청소 시간 때 일이었다. 보통 한 구역마다 청소 인원이 3명 정도 배정된다. 청소는 3명이 같이 하되, 청소 검사는 1명만 있어도 충분하기에 돌아가면서 검사를 받는다. 청소 상태에 문제가 없는 날에는 나에게 아무런 문제가 일어나지 않지만, 문제가 있는 날에는 온갖 꾸중과 남은 청소들은 온전히 나의 몫이다. 그날은 내가 청소 검사를 받는 날이어서 샤워장 앞에 서 있었는데, 세면장 앞에 그 누구도 서 있지 않았다. 그 때문에 나는 세면장 인원들이 해야 할 몫의 일들까지 독박을 썼다.

나는 생활관에 들어서자마자 세면장 청소 인원들에게 왜 내가 이런 일을 당해야 하는지 물었다.

"오늘 민호가 검사받는 날인데, 그 새끼 안 나왔어?"

민형이 형은 마치 이 상황을 예상한 것처럼 남담하게 대답을 해주었다."

"민호 어디 갔어요?"

"몰라, 세면장에 양치하러 간 것 같은데."

잠시 뒤에 민호가 칫솔과 치약을 들고 생활관으로 복귀했다. 입에는 미처 닦지 못한 거품이 묻어 있었다.

"야, 너 오늘 청소 검사 왜 안 나왔어?"

"아, 맞다. 까먹었네."

그때 그에게 하고 싶은 말을 다 했다면 아마 육군 교도소에서 남은 군 생활을 했을 것이다.

"이러면 너만 힘들어지는 거야."

"어, 알겠어. 미안해."

내일이면 수료였기에 훈련소의 마지막 기억을 나쁘게 가져가고 싶지 않았다. 그래서 잊고 내일을 기다리기로 했다. 잠에 들기 직전에 누군가의 말이 들려왔다.

"진영이 형, 존중은 요구하는 게 아니라 얻는 거예요."

그 기억을 끝으로 잠에 들었기에 그게 누구의 말인지는 영영 알 수 없게 되었다. 다음 날 울리는 기상나팔은 약간 설레었다. 비록 4시간만이 허락된 외출이었지만, 그것마저 말도 안 되는 일처럼 느껴졌다. 그날 아침은 평소보다 신경을 써서 준비를 하고 싶었다. 면도도 하고 얼마 안 되는 머리카락이었지만 샴푸도 많이 써서 감았다. 모든 것이 순조로웠는데, 이상하게 베레모 각이 잘 잡히지 않았다. 동기들이 몇 번이고 도움을 주고 나서야 얼추 각이 나왔다. 내가 직접 하지 못했다는 공포감이 잠시 밀려왔지만 그건 일단 접어 두고 나는 수료식을 맞이했다.

35일, 분명 짧은 시간은 아니었다. 하지만 남은 시간을 생각해 봤을 때, 너무나도 초라해 보이는 숫자였다. 그래도 이제는 더 나아질 일밖에 없다는 것이 다행처럼 느껴졌다. 자대에 가면 공부도 꾸준히 할 수 있고 휴가도 나갈 수 있고 핸드폰도 매일 쓸 수 있었다. 한 달 전쯤에 입영했던 그 장소로 걸어가며 문득 이곳에 처음 온 날을 떠올렸다. 어느새 추억이 되어 버린 것 같았다. 지금 이 순간도 얼른 추억이 되기를 바라며 나는 운동장 잔디를 밟았다.

운동장에는 35일 전처럼 사람들이 많이 모여 있었다. 그때와는 달리 그 사람들은 미소를 가지고 있었다. 우리가 수도 없이 반복한 제식 동작을 하며 수료식을 준비하자 그들은 우리에게 열렬한 박수와 환호를 보내주었다. 다행히 수료식은 금방 끝났고 엄마와 아빠는 나를 향해 달려오셨다. 분명 좋은 순간이었는데, 엄마와 아빠가 그새 조금 더 늙은 것 같아 마음이 저려 왔다. 누군가의 권유로 도영이와 사진을 찍었다. 뒤에 있던 민호와도 사진을 찍었다. 민호 부모님이 환하게 웃으시는 걸 보니 마음이 복잡했다. 그래도 그 순간만큼은 진심으로 민호에게 축하를 건네주었다.

우리는 예약해 둔 고깃집으로 향했다. 사회에서 먹는 고기의 맛은 논산의 질긴 고기들과는 품종부터 다른 것 같았다. 먹으면 먹을수록 배가 불러오는 게 괜히 억울해서 미칠 것 같았다. 그래도 충분히 만족스러운 식사를 마치고 우리는 미리 예약한 펜션으로 향했다. 나는 그동안 훈련소에서 있었던 일들을 말하기에 바빴다.

펜션에서 쉬고 있을 때 아빠가 말을 꺼내셨다.

"인호야, 내년에 아빠 퇴직한다."

사실 아빠가 직장에서의 시간이 얼마 남지 않았다는 것은 알고 있었다. 그런데 막상 아빠 입에서 그 이야기를 들으니 새삼 시간이 많이 쌓였다는 것을 실감했다. 이제는 내가 앞으로 나가야 했다. 아빠의 퇴직은 나의 시작과 맞물린 듯 보였다.

"군대에서 미래에 대한 생각도 많이 했으면 한다."

나는 고개를 열심히 끄덕였다. 여유 있게 복귀를 하고 싶었기에 이제는 다시 돌아가야 했다. 엄마가 갖고 온

과일과 과자는 결국 한 입도 먹지 못했다. 자꾸 눈에 밟히는 장면이 생겨 마음이 좋지만은 않았다. 대신에 엄마에게 부탁한 일본어 자격증 책과 읽으려고 아껴두었던 소설들은 건빵 주머니에 잘 넣어 두었다. 여름의 기세가 꺾일 줄을 모를 때, 나는 다시 한번 인사를 했다.

"잘 들어가. 전화할게."

사실 부모님을 빨리 보내드리고 싶었다. 나를 위해 이렇게 준비해 주신 것은 너무 감사했지만 겨우 이 4시간 때문에 전날부터 비행기를 타고 숙소에서 하룻밤을 보내고 내가 좋아하는 음식들을 손에 꽉 쥐고 왔을 부모님을 생각하니 가슴이 먹먹했다. 그래서 조금이라도 빨리 집에 가 쉬었으면 했다. 그리고 아빠의 퇴직 소식도 그렇고 이제는 내 스스로 해야 할 일들에 대해 진지하게 생각할 시간이 필요했다. 논산을 떠날 모든 준비를 하고 나는 다시 한번 긴 밤을 여행했다.

다음 날 아침 조교가 친히 방송해 주는 기상나팔은 특별했다.

"애들아 이등병 된 거 축하하고, 이제 시작인 거 잊지 마라."

2023/09/06

논산에서의 마지막 날이다. 마지막 날까지 이것저것 시키는 게 많아서 피곤했지만 그래도 이만하면 괜찮은 마무리인 것 같다. 헤어짐에 아쉬움이 생길 거라고는 생각 못 했는데, 분대원들과도 정이 많이 들었음을 실감한다.

이제 진짜 시작이다. 긍정적인 점은 이제부터 핸드폰도 쓸 수 있고 개인 시간이 있다는 것이다. 허투루 쓰고 싶지는 않다. 이곳에 처음 온 날이 아직도 생생하다. 37일. 결코 짧은 시간은 아니었다. 힘든 날도 있었고, 길다고 느껴질 때가 꽤 있었다. 그래도 이곳에서 좋은 책도 많이 만나고 인생에서 절대 잊지 못할 순간을 많이 만들었다. 정말 수고했다, 인호야. 앞으로 더 수고하자.

초행길

훈련소에서 보급받은 모든 물품들을 의류대에 넣었기에 그 무게가 꽤 되었다. 그 돌덩이 같은 가방을 메고 버스가 있는 곳으로 30분가량 걸었던 것은 죽을 때까지 잊지 못할 것이다. 훈련소 동기들과 마지막 인사들을 나누고 나는 장성이란 곳으로 이동 당했다. 정확히 어디로 가는지는 몰랐지만 집에서 더 멀어져 가는 건 확실했다. 버스가 제 할 일을 다 하자 선글라스를 낀 사람 하나가 우리에게 지시했다.

"가방 빠르게 찾고 본인 이름표 있는 곳에 5열 종대로 모인다, 실시."

행동이 느린 이들이 있어 답답하긴 했지만 그래도 별 문제 없이 5열 종대로 모일 수 있었다. 하지만 살인적인 폭염은 분명 문제였다. 정신이 혼미해지는 걸 느낄 때쯤 내 이름이 불렸다.

"163번 훈련병 강인호."

익숙한 음절이 입에서 튀어나오고 나서야, 나는 그 말이 더는 내 것이 아님을 알았다. 나는 더 이상 훈련병이 아니었다. 그리고 10초 전의 나를 진심으로 원망했다.

"대답 고마워. 너희들은 이제 더 이상 훈련병이 아니다. 앞으로 관등성명은 몇 번 교육생 누구누구 이렇게 하면 된다. 알겠지?"

나는 안도의 한숨을 조용히 내쉬었다. 하지만 안도를 즐길 틈도 없이 또 한 번 내 이름이 불렸다.

"1번 교육생 강인호."

"네가 임시 분대장이니까 애들 인솔해서 밥 먹으러 가. 취사장은 저기 빨간 건물 뒤에 있다."

"예, 알겠습니다."

나는 그의 지시에 따라 움직였고, 내 옆의 이들도 나를 따라 발을 맞췄다. 취사장의 분위기는 논산과는 전혀 달랐다. 모두들 경직되어 있지 않고 진짜 식사를 하는 것 같았다. 살기 위해 먹는 논산에서의 식사가 아니었다. 나는 가장 처음으로 취사장에 와서 가장 마지막으로 배식을 받았다. 중요한 반찬이 모자랐지만 크게 상관은 없었다. 밥이 정말 맛있었다. 군대에서 만든 밥이라는 게 믿기지 않을 정도였다. 나는 홀린 듯이 밥을 퍼먹었다. 그건 내 앞에 앉은 전우도 마찬가지였다. 우리는 처음 보는 사이였지만 식사를 하는 내내 감탄을 주고받았다.

놀라웠던 식사 시간이 끝나고 우리는 본격적으로 2주 동안 받을 교육에 대해 설명을 들었다. 선글라스를 낀 남자는 본인을 훈육관이라는 명칭으로 소개했다.

"지뢰라고 해서 걱정을 하는 사람들도 있을 것 같은데, 너희가 정신만 똑바로 차리면 절대로 위험한 일이 생기지 않는다. 그리고 너희들이 실물 지뢰가 터지는 것을 볼 확률은 로또 1등에 당첨되는 확률이랑 비슷하다. 그러니까 그렇게 걱정이 되면 차라리 로또를 사라."

사실 교육에 대한 내용은 와닿지 않았다. 나의 관심사는 이곳에서 내가 할 수 있는 것들이었다. 유료 전화는 마음대로 사용할 수 있었고, 핸드폰은 주말에 5시간씩이나 쓸 수 있었다. PX도 영업시간 내에서는 자유롭게 이용할 수 있었고 교육 후에는 온전히 개인 정비 시간이었다. 나는 이곳이 천국이라고 믿었다.

2주 동안 내가 있을 생활관은 침상이었다. 뉴스 같은 데를 보면 신식 막사에다가 무조건 침대에서 자는 줄 알았는데 아쉽게도 그런 일은 나에게 일어나지 않았다. 그래도 2주 동안만 쓰면 되는 곳이니까 문제 삼고 싶지 않았다. 짐들을 정리하고 침상에 앉아 있으니 어색한 공기가 입에 닿았다. 애써 말을 꺼내려 하는 사람도 있었는데 그들의 노력은 나에게는 해당되지 않았다. 나는 2주 동안 나 말고는 다른 아무것에도 관심을 가질 생각이 없었다. 그래서 비장한 마음으로 일본어 단어들을 하나둘 외우기 시작했다.

저녁에는 배식조 일이 있었기에 나는 다시 한번 가장 먼저 취사장에 도착하여 가장 나중에 취사장을 떠나야 했다. 논산에 이어 연속으로 배식조 임무를 맡은 게 억울했지만 내가 할 수 있는 건 경험을 바탕으로 식사 준비를 더 효율적으로 해놓는 것뿐이었다. 그렇게 마지막으로 배식을 받고 의자에 앉았다. 머릿속에는 개인 정비를 어떻게 활용할지에 대해서만 생각하고 있었다. 무의식적으로 앞에 있는 사람을 봤는데 내 고등학교 동창 김지환이 내 앞에서 내가 배식한 육전을 먹고 있었다. 우리는 3초 동안 서로의 눈만 바라봤다.

"네가 왜 여기서 나오냐."

"내가 하고 싶은 말인데."

지금 상황이 초현실적이었지만 지환이의 존재는 정말 반가웠다. 어디인지도 모르는 이곳에 내가 알고 나를 아는 사람이 한 명이라도 있다는 것은 다행이었다. 서울에 가고 싶어 하던 나와, 제주도에 남고 싶어 하던 지환이는 장성에서 만났다.

이 상황이 반가웠지만, 지환이랑 따로 이야기를 나누지는 않았다. 생활관도 달라서 찾아가기도 애매했고 무엇보다 개인 정비 시간에 하고 싶은 것이 너무 많았다. 자격증 시험까지 3개월 정도였고 이 시험은 나를 따로 기다려 주지 않았다.

한 번 더 눈을 감았다가 떴을 때는 6시가 되기 1분 전이었다. 며칠 동안 계속 이어진 무의식의 습관이었다. 낡은 스피커에서는 누군가가 기상 방송을 준비하는 잡음이 그대로 흘러나오고 있었다. 나는 내 몸이 평소보다 무겁다는 것을 단번에 느낄 수 있었다. 진지하게 의무내에 갈까 고민을 했지만 훈련 첫날부터 빠지는 건 내가 생각해도 보기 좋은 장면은 아니었다. 그래서 그냥 하루를 버티기로 다짐하며 또 하나의 아침을 맞이해 주었다.

하지만 이는 좋은 선택이 아니었다. 교보재 지뢰 매설 훈련을 위하여 헐떡고개라 불리는 곳을 넘을 때부터 나는 정상적으로 훈련을 받을 수 있는 몸이 아니었다. 하지만 이미 훈련은 시작되었고 돌이키기엔 늦어버린 상황이었다.

내가 다루어야 할 지뢰는 총 5가지였다. 5가지 지뢰 모두 각기 다른 특징을 가지고 있어 매설하는 법과 해체하는 법에 차이가 있었다. 모두 내가 외워야 하는 것들이었지만 그때 나는 혼자만의 훈련을 하고 있었다. 삽으로 흙을 팠다. 공간이 생긴 곳에는 지뢰를 넣고 그곳을 흙으로 다시 채웠다. 그 짓거리를 하루 종일 반복했다. 삽질할 때마다 손바닥이 뻐근했고, 땀이 굳은 팔뚝 위로 모래알이 들러붙었다. 지뢰가 아니라 내 몸이 터질 것만 같았다.

휴식이 간절했던 야간에는 조명 지뢰를 보러 가야 했기에 다시 한번 헐떡고개를 넘었다. 나의 몸과 마음은 이미 체념을 한 뒤였다. 인간이 만들어 낸 별빛은 어둠 속에서 반짝였지만, 내 마음은 그 빛을 감상할 여유조차 잃은 채 오직 잠이라는 구원만을 기다리고 있었다. 내 몸을 식히는지 데우는지 모를 샤워를 하고 누웠을 때는 안도감이 몰려왔다. 이런 날도 있는 거지. 결국 하루가 끝나면 또 다른 하루가 찾아오는 것이었다. 그걸 500번 정도만 반복하면 모든 게 끝이 나는 것이었다.

하지만 다음 날에는 의무대에 가고 싶다고 훈육관님에게 말씀드렸다. 훈육관님은 흔쾌히 허락해 주셨다. 의무대에 가는 버스를 기다리는데 옆자리에도 누군가가 있었다. 나와 같은 생활관을 쓰는 20살에 해병대에 입대한 박성훈이었다. 해병대는 하루도 거르지 않고 늘 집합이 걸렸는데, 거기에는 성훈이가 상당한 지분을 차지하고 있었다. 그는 생활관 내에서 말썽꾸러기였지만 귀여운 구석이 있어 다들 싫어하지는 않았다. 나도 마찬가지였다. 성훈이가 나에게 이런저런 질문을 했을 때도 나는 귀찮아하지 않고 진심으로 대답해 주었다.

"인호야, 니도 훈련 쨀라고?"

그의 말에는 항상 대구 사투리가 묻어 있었다.

"나는 어제부터 진짜로 아팠어."

"그래? 나는 오늘 무서워서 쨌다. 실몰 지뢰 이거 어떻게 하는데, 하다가 손목 날아가면 바로 인생 끝이다 아니야?"

"억울하긴 하겠다."

버스가 도착하고 나와 성훈이는 나란히 앉아 의무대로 향하였다. 우리의 시선도 나란히 한곳을 향하였다. 범상치 않은 기운의 운전병은 무려 핸드폰으로 자신이 듣고 싶은 음악을 들으며 운전을 하고 있었다.

"야, 그럼 운전병은 이게 일과인 거야?"

"그렇지 않을까? 여기가 자대면 나쁘진 않겠네."

"완전 개꿀이지. 나도 그냥 육군이나 갈걸."

"해병대 많이 힘들어?"

"앞으로가 걱정이지, 앞으로가."

새카맣게 타버린 성훈이의 앳된 얼굴이 그의 심정을 대변하는 것 같았다. 우리는 의무대에서 서로 볼일을 보고 돌아오는 버스에 탔다. 성훈이는 내 어깨에 기대어 잠을 잤다. 그 순간만큼은 성훈이가 아무 걱정 없이 평온함을 느꼈기를 바랐다.

다가오는 날은 나의 생일이었다. 군대에서 맞는 생일이어서 어떤 감흥도 없을 줄 알았는데, 막상 밤이 되어 눈을 감으니 약간은 설레었다. 마침 주말이어서 핸드폰도 쓸 수 있었다. 5시간은 과분하게 느껴질 정도로 풍족한 시간이었다. 나는 그 소중한 시간을 1분도 허비하고 싫지 않았기에 핸드폰을 받으면 무엇을 할지 정교하게 계획했다. 그날은 오랜만에 행복이 머무는 곳에서 잠이 들었다.

내 생각보다 많은 사람들로부터 축하 연락을 받았다. 모두에게 진심으로 고마웠다. 하지만 그것보다 더 고마웠던 건 민지와의 통화였다. 우리는 시간에 구애받지 않은 채 아쉬움이 남지 않는 대화를 할 수 있었다. 민지는 나름대로 개강 후의 삶에 만족하고 있는듯했다. 곧 보자는 인사는 생일 선물 같았다. 멀게만 느껴지지 않았다.

생일이라고 동기들이 PX에서 산 조그마한 케이크도 선물해 주었다. 그들에게도 진심으로 고마웠다. 군대에서 처음으로 좋은 날을 보낸 것 같았다. 하지만 그런 날도 결국 지나가기 마련이고 나는 침상에 누워 다시 또 하루를 맞이할 준비를 했다. 어제까지만 해도 생일에 가장 가까운 사람이었는데 이제는 생일에 가장 멀리 있는 사람이 되었다. 싫지는 않았지만 어딘가 마음속이 공허했다. 예전에는 생일이 오면 마냥 기쁘기만 했는데 이번에는 생일이 하나 더 쌓인 것 같은 기분이었다. 다음 생일은 꼭 밖에서 보내고 싶다는 작은 바람을 그려보며 나의 스물한 번째 생일에 온점을 찍었다.

2023/09/17

오늘은 9월 17일, 내 생일이다. 왜인지는 모르겠지만, 잠이 오지 않았다. 그래도 일어났을 때 기분이 정말 좋았다. 하루 종일 기분이 좋았다. 좋아하는 사람들과 연락도 마음껏 하니까 더 보고 싶었다. 오늘은, 누구보다 더 가까이 있고 싶은 마음이 유독 깊게 스며들었다. 평소보다 더 많이 그리웠다.

시끌벅적했던 밤들이 그립다. 생일 때면 생일들이 쌓이는 느낌이다. 어렴풋이 6년 전 생일부터 기억이 난다. 아직도 그날들이 생생한데, 어느새 과거가 되어 버렸다. 앞으로는 생일이 더 쌓이겠지. 솔직히 기분이 좀 묘하다. 이젠 어른이구나. 앞으로 많은 일이 있겠지만, 그래도 즐겁게 지냈으면 좋겠다. 생일 축하해.

그리고 다음 생일은 꼭 밖에서 보내고 싶다. 아닐 수도 있겠지만, 그래도 그러고 싶다.

이곳이 익숙해질 때쯤, 나는 다시 이동을 당해야 했다. 파주라는 곳은 축구 국가대표팀 기사를 볼 때마다 등장했기에 익숙한 이름이었다. 수도권이었고 교통도 편리한 편이어서 나에게는 매력적인 위치였다. 나는 이곳과 작별 인사를 하였다. 특별한 감정을 느끼기에 2주라는 시간은 짧았다. 그래도 큰 문제없이 이곳을 떠날 수 있어서 다행이었다. 장성을 떠나는 열차 창밖에서는 가을내가 나기 시작했다. 밀봉된 핸드폰을 개봉하면 그 즉시 징계 처분이었기에 내가 할 수 있는 건 창밖을 바라보는 것뿐이었다. 열차는 열심히 달려서 논산에 도착했다. 논산에는 나보다도 머리가 훨씬 짧아 보이는 이들이 옹기종기 모여 있었다. 나보다 늦게 입대한 사람을 구경하는 것은 생각보다 재미있었다. 열차는 더 무거워졌고 나는 집에서 더욱 멀어져만 갔다.

흥미가 떨어진 TV 프로그램을 보는 것처럼 나는 턱을 괴고 내가 볼 수 있는 유일한 화면을 시청하고 있었다. 잠에 들려던 찰나에 나를 태운 열차는 잠시 동안 회기역에 정차하였다. '회기'라는 글자에 내 안에 있던 모든 잠이 나에게서 달아나 버렸다. 나는 창문에 이리저리 부딪치며 학교가 보이는지 확인했다. 마침내 학교를 발견했지만 희열이 나오지는 않았다. 늘 나를 안아주던 학교가 너무 먼 곳에 있었다.

아까 먹은 도시락 탓인지 내 한숨은 더 무거워졌다. 열차는 8시간 가까이 달려 마침내 파주에 놓았다. 역에는 민간인들이 많이 있었는데 그들에게서 시선이 느껴졌다. 저들은 우리를 보며 무슨 생각을 할까. 누군가는 회상, 누군가는 동정, 누군가는 혐오이려나. 나는 금방 타버릴 담배 같은 생각을 피우며 내 앞에 있는 이의 발에 맞추어 걸었다.

나는 누군가의 인솔을 받아 버스에 올라탔다. 이제는 이동하는 것도 지쳐서 제발 어디라도 좋으니 정착하고 싶은 마음이 간절했다. 나의 바람이 탄 버스는 스마일 표시가 인상적인 허름한 컨테이너에서 나를 뱉어냈다. 버스에는 유명 연예인들이 환한 미소로 1303을 홍보하는 사진이 붙어 있었다.

"저 새끼들은 분명 꿀 빨았겠지. 존나 부럽다, 씨발.

내 뒤에 있는 사람의 입에서 나온 그 말은 그 사진을 향하는 것 같지 않았다. 정체 모를 위에 있는 사람들을 향해서, 어쩌면 자기 자신을 향한 것일 수도 있겠다. 허름한 컨테이너로 들어서자 예상 밖의 풍경이 펼쳐졌다. 나는 보충 중대라는 곳에 서 있었고 여기서 또 4일간의 교육을 받고 나서야 드디어 내가 군 생활을 하는 자대에 갈 수가 있었다. 입대를 한 지 두 달이 다 되어가는 데 게임에 비유하자면 아직 튜토리얼도 끝나지 않은 셈이었다. 답답한 이 상황에 나는 극도로 예민해져 있었다. 하지만 나의 예민함을 표출할 수 있는 대상은 오직 내

일기장뿐이었다.

"야, 그래도 너네들은 쉬다가 가는 거야, 바로 가는 불쌍한 애들도 있어."

맞는 말이었다. 나는 4일 동안 정말 간단한 교육만 받고 나머지 시간에는 온전히 독서와 공부에만 집중할 수 있었다. 내 남은 군 생활이 이럴 수만 있다면 그 무엇도 부럽지 않을 것 같았다. 하지만 시간은 언제나 정직한 법이고 나는 정확히 4일 뒤에 시작을 위해 다시 한번 버스에 올라탔다. 전에는 아무 생각이 없었는데 그때는 버스에 잘 포장된 미소들이 얄미웠다. 앞으로 벌어질 일들을 상상해 보았다. 긍정적인 것은 그리 많지 않았다. 버스가 갑자기 뒤집혔으면 좋겠다는 무서운 생각도 해보았다.

버스가 정확히 어디로 가는지는 잘 알지 못했지만, 더 깊숙한 곳으로 향한다는 것만은 확실했다. 버스 주위에는 건물보다는 산이, 사람보다는 나무들이 더 많이 보였다. 공병대대라는 글자가 보이고 버스는 위병소를 통과했다. 내 가슴이 두근거리기 시작했다. 버스는 나를 어느 건물 앞에서 토해냈다. 들리는 소문으로는 컨테이너 막사라고 했는데 다행히도 거짓 소문이었던 것 같다. 마음에서 가장 큰 짐을 하나 내려놓고 나는 그 건물 안으로 들어갔다.

"강인호, 조성은은 1중대니까 위로 올라가면 된다. 잠만 누가 안 데리러 왔나?"

"제가 데리러 왔습니다."

"어, 한지훈이 오케이."

한눈에 봐도 늠름해 보이는 사람이었다. 심지어 상병이었다.

나는 그의 안내를 받으며 1중대로 올라갔다. 다른 건물 앞에는 많은 사람들이 모여 있었다. 그들은 모두 우리를 쳐다보고 있었다.

"야 저 새끼 베레모 봐, 개폐급인데?"

그 말이 날아와 내 가슴에 꽂혔다.

"너네 몇 월 군번이야?"

그가 우리에게 물었다.

"7월 31일에 입대했습니다."

"그럼 내 아들이네. 혹시 뭐 궁금한 거 없어?"

"혹시 6개월 동기제입니까?"

"어, 맞아. 안에 네 동기 1명 있어, 서진이라고."

짧은 대화를 나누다 보니 어느새 우리는 어떤 컨테이

너에 도착해 있었다. 그 건물은 돼지우리 같은 외형을 가지고 있었다. 안에도 마찬가지였다. 길게 늘어진 복도의 양 끝으로는 작은 문들이 나란히 놓여 있었다. 천장은 헐거웠고 전등에서 나오는 빛은 미약했다.

나는 동물원 속 원숭이가 된 것 같았다. 지나가는 모든 사람이 나를 쳐다보는 게 느껴졌다. 사람들은 신기한 눈빛으로 나를 바라보았다. 나는 침을 한번 삼키고 행정반으로 따라 들어갔다. 행정반 밖에서는 구경꾼들이 득실거렸다. 나는 몇 가지 물품들을 지급받고 2생활관으로 넘겨졌다. 내가 많은 시간을 보내야 할 생활관은 참혹했다. 좁디좁은 반쪽짜리 침상에는 관물대 여러 개가 붙어 있었고 유일한 길이라고 할 만한 공간은 한 명이 지나가기에도 부족해 보였다. 지상에는 세탁바구니를 놓을 자리조차 마땅치 않아 선반은 공중에 어색하게 부착되어 있었다.

"아, 너네들이 신병이구나."

침상에 걸터앉은 채 핸드폰을 하고 있던 누군가가 우리를 보고 말했다.

"예, 그렇습니다."

"동기끼리 무슨 존댓말이야, 말 편하게 해."

그를 믿어야 할지 확신이 잘 서지 않았다.

"안 그러면 내가 혼나, 난 박서진이야. 7월 3일 입대."

"어, 난 강인호야."

간단한 인사를 나누고 나는 짐 정리를 하기 시작했다. 개인 정비 시간은 2시간 정도가 남아 있었는데, 나는 샤워도 해야 하고, 밀린 연락도 해야 하고, 공부도 해야 했기에 바쁘게 손을 움직였다. 박서진은 우리의 모습을 잠깐 바라보다 다시 핸드폰을 만지작거렸다.

"혹시 뭐 궁금한 거 있어?"

"연등은 오늘부터 할 수 있는 거야?"

"음, 핸드폰 때문이라면 안 하는 게 좋을걸."

"나는 진짜로 공부할 거야, 그럼 언제부터 할 수 있는데?"

"적어도 일병 3호봉 정도는 되고 해야 하지 않을까."

그건 나의 상식에서는 벗어나는 말이었다. 더군다나 3개월 뒤면 이미 일본어 시험이 끝난 뒤인데 그때까지 아무것도 하지 않을 수는 없었다.

"오늘은 이미 연등 신청이 끝났으니까 내일 내가 한번 넣어 볼게."

"그래, 고마워."

"아, 그리고 여기서는 선임분들한테 '수고하십니다.', '수고하십시오.'라고 인사를 해야 해. 대답은 관등성명 대신 무조건 '그렇습니다.'. 다들 인사에 좀 예민하셔. 너희들은 개짬찌니까 그냥 누군가 있으면 무조건 인사를 하면 되는 거야. 알겠지?"

"응, 알겠어."

위아래가 없는 훈련소와 후반기 교육 시절이 천국이라던 친구의 말이 맞는 것 같았다.

생활관 문을 열자 내 심장이 두근거렸다. 나는 눈에 보이는 모든 사람들에게 '수고하십니다.'라고 외쳤다. 샤워장으로 가는 내내 긴장을 풀 수 없었다. 샤워장 안에서도 다를 건 없었다. 나는 조용히 샤워를 하고 그곳에서 빠져나갔다.

급하게 해야 할 일이 더는 남아 있지 않자 나는 엄마와 통화를 했다. 자대에 잘 도착했고 이제부터는 매일 통화를 할 수 있다고 전했다. 민지에게도 똑같은 내용을 전달했다.

공부를 좀 해볼까 해 관물대 서랍을 열었을 때, 생활관 문이 폭력적으로 열렸다. 나는 하던 짓을 멈추고 부동자세로 앉았다.

"얘들이야?"

"예, 그렇습니다!"

단백질 음료를 흔들며 누군가가 우리를 내려다보았다. 아무런 소개가 없었지만 나는 그가 어떤 존재인지 단번에 알아차릴 수 있었다.

"박서진."

"그렇습니다."

"얘네가 못하면 네가 혼나는 거야, 알지?"

"예, 열심히 하겠습니다."

"신병들 담배 피우냐?"

"저는 안 피웁니다."

내가 대답했다.

"저도 안 핍니다."

성은이 뒤이어 대답했다.

"군대에서는 담배 안 피우면 손해인데."

그는 압정 같은 말을 뿌리고 유유히 돌아갔다.

"요즘 훈련이 많아서 선임분들이 화가 많이 나셨어. 너네들도 고생 좀 할 거야."

30분 동안 생활관 문은 수도 없이 열렸다. 대부분은 우리를 보러 온 선임들이었다. 박서진에게 담배를 피우러 가자고 하는 사람과 오늘 몸이 너무 피곤하다며 마사지를 해달라고 하는 사람도 있었다. 나는 가만히 앉아 앞에 있는 벽의 무늬를 관찰하였다.

"후후, 현 시간부로 개인임무 분담제 실시해 주십시오."

방송이 나오고 나는 박서진을 졸졸 따라다니며 무엇을 해야 하고 무엇을 하면 안 되는지에 대한 교육을 받았다. 솔직히 이해되지 않는 부분도 있었지만 어쩌면 이곳에서 이해란 사치일지도 몰랐다.

곧바로 점호시간이 되었고 당직 사관이 우리 생활관으로 들어왔다.

"너네들이 신병이구나."

"예, 그렇습니다!"

"부모님한테 연락은 드렸니."

"예, 그렇습니다!"

"그래, 푹 쉬어라."

별일 없이 점호는 끝났고 나는 일기를 썼다. 오늘도 극적인 하루였기에 쓸 내용이 꽤 되었다. 일기장을 덮고 가만히 누웠다. 또 하나의 낯선 환경이었다. 그날 본 밤하늘은 유난히도 어두웠다. 별 하나가 보이지 않았다.

"자냐?"

내 왼쪽 자리를 쓰는 박서진의 목소리였다. 나와 그의 사이는 어깨가 부딪힐 정도로 비좁았다.

“아니, 아직.”

“생각보다 더 좆같지?”

“쉬운 게 어디 있겠어.”

“솔직히 말하자면 너네들은 이미 좆됐어.”

그는 나와 같은 옷을 입은 동기였지만 나와 같다고 생각하지 않는 것 같았다. 그는 자신과 선임들, 그리고 나와 성은이를 확실하게 구분 지으며 말을 이어갔다.

“나는 이미 여기서 한 달 동안 뺑이 쳤으니까, 선임분들하고도 친하고 대충 어떻게 돌아가는지 아는데, 너희들은 아니잖아. 욕을 먹을 수밖에 없는 구조야. 그리고 여기는 소문이 빨라. 마음의 편지 같은 건 쓸 생각 하지도 말고. 괜히 그랬다간 다 같이 좆되는 거니까.”

일어날 일은 어떻게든 일어나게 되어 있는 거고 나는 그가 빨리 입을 닫고 잠이나 잤으면 좋겠다고 생각했다. 그리고 당연하게도 내일이 왔다.

안타깝게도 성은이는 행동이 느린 편이었다. 욕을 먹는 이유는 가지각색이었다. 점호시간에 제일 먼저 나오지 않아서, 도수 체조를 할 때 열심히 하지 않아 보여서,

식사 집합을 할 때 화장실에 가 있어서, 잔류 인원을 부르는데 가장 먼저 행정반에 도착하지 않아서 등등, 고작 하루 만에 성은이는 어떠한 존재가 되어버린 것 같았다. 박서진은 생활관에 들어올 때마다 선임분들이 화가 많이 나셨다는 말만 반복하였다. 나는 오늘의 개인 정비 시간만을 고대하며 해야 할 일에 대한 생각만 했다. 내가 생각하기에 나에게 가장 중요한 일은 그것이었다. 심지어 오늘부터는 연등도 시작할 수 있었다.

같은 소대원들과 교육 활동을 같이 해서 얼굴과 이름을 어느 정도 익혔고 그 소대원 중에서는 나와 같은 고등학교를 나온 선임도 있어서 군 생활이 나쁘지 않은 방향으로 흘러간다고 생각했다. 선임들과 PX도 같이 갔고 주말에는 같이 풋살도 하기로 해서 생각보다 빠르게 적응할 수도 있겠다 싶었다. 하지만 박서진은 내게 오늘도 연등을 할 수 없다고 통보하였다.

그건 네가 정하는 것이 아니라고 따지고 싶었지만 초반부터 감정적인 모습을 보여주고 싶지는 않았기에 마음을 부여잡고 이유를 물어봤다.

"오늘만 너네들 얘기 몇 번 나왔는지 알아? 지금 선임분들 존나 화나셨어."

"그게 내가 연등 하는 거랑 무슨 상관인데?"

"점호 끝나고 생활관에서 나오지 말래."

나는 그게 무엇을 의미하는지 그때는 알지 못했다.

2중대와 본부중대는 내가 막사로 착각했던 그 건물에서 생활한다. 그리고 거기서 조금 떨어진 곳에 1중대가 생활하는 컨테이너와 3중대 컨테이너가 나란히 놓여 있다. 바로 옆이지만 분리되어 있어 서로가 어떤 모습인지 알 수는 없다. 다만 당직 사관은 1중대와 3중대가 통합되어 있기에 점호가 끝나면 자신이 속한 중대의 행정반에 위치한다. 즉 한 중대는 외딴섬이 되어버린다.

점호가 끝나고 행정반에서는 당직 사관이 3중대로 이동했다는 신호가 들려왔다. 손가락으로 마이크를 두 번 치는 게 1중대의 암호였다. 그리고 일명 줄줄이 소시지가 시작되었다.

선두 주자는 박호영 상병이었다. 박서진의 말로는 1중대 내에서 군기 반장 역할이라고 했다. 거친 입이 특징이었다.

"씨발, 오늘 도수 체조 좆같이 한 새끼 나와. 씨발, 이병 짬찌 새끼들이 빠져가지고. 씨발, 완전히 당나라 군대야 씨발."

나는 그가 몇 번의 씨발을 반복했는지 세었다. 하지만 그걸 다 세기도 전에 또 다른 씨발이 들려왔다.

"씨발, 그리고 '요'자는 또 뭐냐? 씨발, 여기 군대야. 요자는 씨발 사회에서나 쓰는 거고요. 이 씨발 머저리 같은 병신 새끼들아."

예전에 군대에서도 '요'자를 쓸 수 있게 되었다는 뉴스를 읽은 적이 있었다. 하지만 이 분위기에서 그 뉴스에 대해 이야기하는 것은 자살 행위에 가깝다는 것이 고등 교육을 모두 거친 나의 두뇌가 내린 판단이었다. 나는 내가 읽었던 것이 소설이라고 믿기로 했다.

"잘못했습니다."

나의 오른쪽 자리를 쓰기로 한 성은이의 목소리였다. 나는 그의 선창에 후창으로 그 장면을 마무리하려 했다.

"지금 군대에 온 거에 감사해라. 너네 엄마가 10년만 일찍 임신했어도 너네들은 나한테 뒤지게 처맞았어."

그가 퇴장하고 곧바로 다른 선임이 들어왔다. 어형에는 차이가 있었지만 내용은 엇비슷했다. 그가 나갈 때 나는 우리 생활관 앞에 모여 있는 인파를 보게 되었다. 저 사람들이 모두 할 말을 마치고 나서야 나의 일과가 끝날 수가 있는 것이었다. 취침 시간인 22시를 훌쩍 넘어서 우리 생활관의 불이 꺼졌다. 그날 밤은 나에게 너무 밝았다.

이곳에서 내가 하고 싶은 것을 하려면 내가 해야 하는 것을 잘해야 한다는 것이 어젯밤에 내가 찾은 정답이었다. 그래서 나는 긴장을 가지고 다녔다. 그건 언제든 꺼낼 수 있어야 했다.

자대 배치를 받고 나서 내가 처음으로 하게 된 작업은 영점 사격장 보수였다. 어떻게 하는지는 당연히 몰랐지만 나는 선임들이 하는 것을 보며 그것을 따라 하고 자리가 비어 보이는 곳에 가장 먼저 도착해서 내게 일이 주어지기를 기다렸다. 삽질이란 것도 처음 해봤다. 모래알갱이는 작은 존재이지만 그것을 모아서 마대라는 것에 담으면 무시할 수 없는 무게로 변했다. 나의 어깨에게는 미안했지만 어쩔 수 없었다. 그렇게 작업을 진행하던 중 갑자기 폭우가 쏟아졌다. 처음에는 다들 소나기겠거니 하며 일들을 하다가 그칠 기미가 보이지 않자 책임 간부의 눈치를 보기 시작했다. 간부는 일단 천막에서 비를 피하라고 지시했다. 그 간부도 눈치를 보는 것 같았다. 그의 표정에는 근심이 그대로 드러났다. 그날까지 마무리를 해야 했기에 그랬던 것 같다. 하지만 날씨가 그를 도와주지 않았다. 그는 잠시 고민하고 그 고민의 결과를 우리에게 알려주었다.

"그냥 하자."

내 예상을 빗나가는 전개였지만 나의 예상은 온전히 나의 소유물일 뿐이었다. 그 상황에서는 어떠한 존재가치도 지니지 않았다. 그래서 나를 포함한 모든 이들은 비를 맞으며 작업을 재개했다. 마지막 마대를 올려놓았을 때는 내 온몸이 젖어 있었다. 이곳에서는 아무도 서로에게 우산을 씌워주지 않았다. 이상하게도 그때 민지가 생각났다. 같이 우산을 쓰던 때가 생각났다.

간신히 생활관에 복귀했지만 곧바로 나와 성은이를 부르는 방송이 들렸다. 나와 성은은 달리기 경주를 하듯이 행정반으로 달려갔다. 핸드폰과 블루투스 이어폰을 등록하기 위해서 지휘통제실로 가라는 것이 방송의 이유였다. 나는 안도의 한숨을 속으로 내쉬었다. 그래도 자대에서는 판초 우의 대신 우산을 쓸 수 있었다. 훈련병 때는 상상도 하지 못했던 물건을 보자 기분이 좋아졌다. 나와 성은이가 하나의 우산을 같이 썼고 제일 선임인 차지웅 상병과 강동호 일병이 짝이었다. 둘은 동기이지만 강동호 일병이 진급 누락을 했기에 계급에 격차가 있었다. 강동호 일병이 새로 구매한 블루투스 이어폰을 등록하기 위해 우리와 같은 곳에 가는 것 같았다.

"'등록해야 해.'는 나한테 명령하는 거고, '등록해도 될까.'라고 부탁해야지. 말하기 전에 제발 생각이라는 걸 좀 하고 살아라."

"어, 미안해."

차지웅 상병은 강동호 일병을 가는 내내 쏘아 댔다. 격차가 존재하는 것은 계급만이 아니었던 것 같다.

차지웅 상병이 잠시 자리를 비운 사이 강동호 일병이 우리에게 시선을 돌렸다.

"너네들도 핸드폰 등록하러 온 거야? 혹시나 해서 말하는 건데 투폰 같은 건 안 하는 게 좋을 거야. 저번에도 누가 걸려서 바로 군기교육대 갔거든."

그의 목소리는 가늘었고 말투가 특이했다. 나는 왜 그의 군 생활이 험난해 보이는지 알 수 있었다.

"어, 알겠어."

나는 나의 귀를 의심했다. 하지만 그곳에는 나와 성은이만 있었다. 성은이의 대답은 극단적으로 짧았다.

"야, 강동호 일병님이야."

"죄송합니다."

성은이는 그가 우리와 같은 동기라고 생각했던 것 같다. 쉬운 상황은 아니었지만 그 자리에 차지웅 상병이 없는 것에 우리는 감사해야 했다.

"어, 다음부터는 조심해."

당황한 건 그도 마찬가지였던 것 같다.

생활관에 복귀하고 정말 수고한 내 몸에게 휴식을 선물하려 했을 때 누군가 생활관 문을 조심스럽게 두드렸다.

"그렇습니다."

우리는 합창을 했다.

강동호 일병이 수첩을 손에 쥔 채 쭈뼛쭈뼛 나에게로 다가왔다. 내가 소속된 2소대 2분대는 적임자가 없다는 이유로 분대장 자리를 공석으로 두었지만 분대장 수첩은 작성해야 했기에 최고 선임자인 강동호 일병이 분대장 역할을 대신하고 있었다.

"특이사항 있니."

"없습니다."

"너 오늘 핸드폰 등록하지 않았어? 그런 것도 다 특이사항이야."

"예, 알겠습니다."

"아, 그리고 선임들한테 반말하지 마라. 너네 그러다

가 큰일 난다."

그가 성은이를 콕 집어서 말했다.

그렇게 아까 있었던 일을 박서진이 알게 되었다. 박서진은 그 뉴스를 담배를 피우며 선임들에게 그대로 전달했다. 성은이를 위해서라도 우리만 아는 게 좋을 것 같다고 내가 말해봤지만, 박서진은 선임들이 분명 재밌어할 것이라며 담뱃갑을 챙겨 생활관 밖으로 나갔다. 그래서 그날 밤도 밝았다. 선두 주자는 어김없이 박호영 상병이었다. 나는 이제 컨테이너 바닥을 울리는 걸음 소리만으로도 그가 오는 것을 알아차릴 수 있었다.

"씨발, 진짜 미쳤냐? 벌써부터 선임들 먹으려고? 이러다가 한 대 치겠다?"

하고 싶은 말이 많았지만 내가 해야 하는 말은 오직 '죄송합니다.'뿐이었다. 성은이도 마찬가지였다. 그가 나가고 한동안은 아무도 생활관에 찾아오지 않았다. 그러나 우리는 쉽사리 소등을 할 수 없었다. 그렇게 남은 주자들이 오기를 기다렸다. 모든 일과가 끝나고 잠에 들기 위해 눈을 감았지만 잠이 오지 않았다. 내 미래에 대한 걱정 때문이기도 했지만 그날은 성은이가 더 걱정되었다. 내가 생각하기에는 훈련소 때 있었던 민호 사건보다도 큰 사건이었다. 나는 성은이가 부디 이 상황을 잘 극복하기를 바라며 불안정한 잠을 잤다.

하지만 모든 건 나의 바람과 반대 방향이었다. 성은이의 행동 하나하나는 그를 싫어하는 사람들에게 기회처럼 작용했다. 전입 온 지 일주일 만에 성은이는 상징이 되어버렸다. 박서진이 선임들과 족구를 하러 가서 생활관에 나와 성은이만 있을 때, 나는 그에게 어젯밤 동안 고민한 결과를 조심스럽게 내밀었다.

"너무 신경 쓰지 말자. 어차피 지나가는 거고 좀 맞춰준다고 생각하자."

성은이는 아무 말 없이 고개를 끄덕였다. 하지만 그날도 성은이는 선임들에게 혼이 났다. 나의 첫 연등도 자꾸 멀어져만 갔다. 결국 나는 연등이라는 것은 구경도 못 해보고 첫 불침번 근무를 들어가게 되었다. 문승준 상병과 같이 근무조에 편성되었는데 이를 본 선임들은 나에게 그의 역사에 대해 알려주었다. 문승준 상병은 원래 2중대 소속이었는데 누구를 때려서 1중대로 쫓겨나듯이 전출을 왔다고 했다. 선임들은 하나같이 나에게 조심하는 것이 좋을 것이라고 말했다. 그래서 나는 평소보다 긴장을 많이 들여놓고 근무에 들어섰다. 최대한 그의 심기를 거스르지 않기 위해 행동 하나하나에 주의를 기울였다. 그도 그런 나를 알아차린 것 같았다.

"괜찮아, 편하게 있어."

"예, 알겠습니다."

그는 나에게 내가 궁금해할 법한 자신의 이야기를 해주었다.

"너도 소문 들어서 알겠지만, 여기 온 지 1년이 넘었는데도 군대라는 곳은 참 어려운 것 같아. 내가 때린 것은 물론 백번 잘못한 거지. 그런데 만약 그 상황에서 내가 가만히 있었다면 지금보다 몇 배는 더 후회했을 것 같아. 걔랑 나랑은 짬찌 때부터 같은 생활관이었어. 너도 알겠지만 같이 살기 참 힘든 애들이 있잖아. 걔가 그런 애였어. 배려라는 게 없었지. 그래서 몇 번의 다툼이 있었어. 그래도 나름대로 잘 지내려고 노력은 했어. 어쨌든 동기니까. 그러다가 내가 훈련 유공을 받게 되었을 때, 걔가 나를 찌른 거야. 너도 알겠지만 찌르려면 누구든지 찌를 수 있잖아. 그래서 휴가도 다 날아가고 유공도 다 날아갔지. 그래서 내가 물어봤어. 왜 그랬냐고. 근데 걔가 거기서 패드립을 하더라고. 그걸 어떻게 참아."

나는 그가 때렸다는 것만 알았지, 그것에 이르게 된

과정에 대해서는 전혀 알지 못했다. 그래서 그의 이야기가 더 신기하게 들렸다. 그 이야기를 듣기 전까지 그가 그저 무서운 사람인 줄만 알았는데, 그게 그의 전부가 아니었다.

"너는 뭐 힘든 거 없냐. 한창 힘든 거 많을 때인데 지금이."

나는 어렵게 나의 고민을 털어놓았다.

"성은이 때문에 생각이 많아지는 것 같습니다. 물론 아직 전입 온 지 얼마 안 되었고, 적응하는 단계이니까 실수를 할 수 있다고는 생각합니다. 그런데 그거 때문에 매일 혼나고 같이 눈치를 봐야 하는 입장이니까 성은이를 어떻게 대해야 할지 잘 모르겠습니다."

"그렇단 말이지, 근데 원래 처음에는 다 폐급 같아 보여. 나도 그랬어. 원래 애들이 지랄해도 너네들끼리만 잘 지내면 그만이야. 어차피 계속 볼 사이는 너랑 성은이잖아."

"맞는 말인 것 같습니다."

그와 이런저런 이야기를 하다 보니 어느새 근무 교대 시간이 되어 있었다. 자정이 넘은 시간에 생활관에 복귀했지만 박서진은 아직 깨어 있었다. 그는 나에게 하고 싶은 이야기가 있어서 나를 기다렸다고 했다.

"나 여자친구랑 헤어졌어."

"또?"

박서진은 일주일 전에도 이와 똑같은 이야기를 나에게 한 적이 있었다.

"이번에는 진짜 같아."

"내일 핸드폰 받으면 잘 말해봐."

평소라면 잠이 간절했을 테지만, 내일이 토요일이었기에 나의 마음에도 여유가 있었다. 그래서 그의 고민을 선뜻 들을 수가 있었다.

"내 전과 때문에 싫은 건가."

"무슨 전과?"

"내가 말 안 했나, 나 소년원 출신이거든. 우리 아빠도 나 버렸어. 아빠가 내 깽값 물어주기 싫다고 해서 소년원 들어간 거야. 거기는 여기보다 훨씬 좆같아."

무엇인가 대답해야 할 것 같았지만, 내 입은 붙은 듯 열리지 않았다. 그저 그의 말이 나를 스쳐 지나갔다.

"늦었다, 이제 자자."

나의 말을 끝으로 생활관에는 정적만이 흘렀다.

주말은 정말 달콤했다. 제한적이긴 해도 내가 하고 싶

은 것을 할 수 있는 건 축복이었다. 보고 싶었던 영상들을 보고 일본어 공부를 해도 시간이 남았다. 선임들이랑 마주치는 시간이 거의 없다는 것도 분명한 행복이었다. 그러나 언제나 그랬듯이 시간은 약속을 철저하게 지키는 법이고 나는 또 다른 월요일을 준비해야 했다. 다가오는 주에는 훈련이 예정되어 있었기에 나의 고민은 계속해서 번식해 나갔다.

훈련은 크게 전투 준비 태세와 국지도발 훈련으로 나뉘었다. 전자 시에는 군장을 신속하게 움직이는 것이 나의 임무였고 후자 시에는 초소에 들어가서 경계를 하는 것이 내가 해야 할 일이었다. 사실 물리적으로는 힘든 것이 그리 많지 않았다. 군장이야 옮기면 되는 것이고, 초소야 들어가면 그만이었다. 그러나 이것을 선임들과 그리고 간부들과 같이 해야 한다는 것이 문제였다. 군장을 옮길 때 선임들은 왜 두 개씩 옮기지 않았냐고 지적했다. 나는 사과를 했다. 그들이 원하는 것은 변명이 아니라 사과였기에 효과적인 방법이었다. 초소에서는 군복이 더러워지지 않았다는 이유로 혼이 났다. 본인의 군복은 더러워졌기에 내가 훈련을 열심히 하지 않는다는 것이 그 근거였다. 나는 최대한으로 나의 잘못을 부풀려 그에게 사과를 했다. 사회에서는 사과를 하는 것이 특별한 일처럼 느껴졌는데 이곳에서는 당연한 일이 되어가는 것 같았다. 점점 작은 존재가 되어가는 것 같아 나에게 미안한 마음이 들기도 했지만 첫 휴가가 다가오고 있었기에 그저 이 시간들이 어서 지나가기를 바랐다. 딱 일주일이었다. 눈을 감으면 보일 것만 같았다.

나는 오늘만큼은 그 어떤 감정도 갖고 싶지 않았다. 그러니 제발, 아무 일도 없기를 바랐다. 하지만 그 바람은 방송 한 줄에 무너졌다.

"2생활관, 지금 당장 막사 뒤로 집합."

우리는 자판기처럼 그의 주문을 따라 움직였다. 나와 동기들은 뒷짐을 지고 고개를 숙인 채 누군가 우리에게 조치를 가하기를 기다렸다.

이번에도 역시 박호영 상병이었다.

"훈련 때 잘못한 거 전부 말해."

나는 선임들에게 지적받은 것들을 전부 말했다. 그게 사실인지 아닌지, 개인의 의견인지 아닌지는 전혀 중요한 것이 아니었다. 나는 그 분위기에 압도되어 있었다.

"그게 끝이야?"

그의 심문에 나는 범죄자가 된 것만 같았다.

"이 씨발 새끼들아, 너네 작업할 때 처보고만 있었다면서, 잘못되었다고 생각하지 않냐? 씨발? 선임들은 일하는데 고귀하신 후임님들은 꿀이나 빨고 어? 씨발 이게 맞아?"

결론부터 말하자면 아니었다. 작업을 할 때 책임 간부가 공간이 협소하니 교대로 일을 할 것을 지시하였고 이에 따라 일을 나누어 했을 뿐이었다. 정말 그것뿐이었다. 그러나 우리 셋 중 아무도 그 내용을 감히 말할 수는 없었다. 우리는 그저 우리의 운명을 받아들이는 수밖에 없었다.

기분이 좋았다. 휴가가 정말 코앞이었고 부담이었던 훈련도 무사히 끝났다고 생각했기 때문이었다. 그래서 이 좋은 기분을 그대로 가지고 휴가를 나가고 싶은 생각이 간절했다. 충분히 할 수 있는 일이라고 여겼다. 그러나 선임들에게 지적을 받는 횟수가 늘어나고 내가 잘하고 있지 않다는 확신이 내 마음속에 자리를 잡자 계속해서 안 좋은 생각을 갖게 되었다.

과거에 대한 후회와 미래에 대한 불안만이 나를 이루었다. '씨발'이라는 단어를 그만 듣고 싶었다. '씨발' 혐오증이 생긴 것 같았다. 금요일 저녁임에도 핸드폰이 눈에 들어오지 않았다. 나는 무거운 몸을 이끌고 샤워장으로 향했다. 훈련 날에는 암묵적으로 짬에 따라 샤워 순서가 정해졌기에 샤워장에는 나의 바로 위 군번인 일병 3호봉의 김민제 일병이 샤워를 하고 있었다.

"수고하십니다."

겨우 인사를 하고 간신히 뿜어져 나오는 미온수를 온몸으로 견뎌냈다. 이런 날이 얼마나 더 많을지 쉽게 어림잡을 수 없었다.

"인호야."

"그렇습니다."

"요즘 애들이 네 얘기밖에 안 해. 너 완전 에이스라고 하던데. 여기 사람들은 금방 잊어. 아주 잘하고 있으니까 너무 걱정하지 마."

그는 그 말을 끝으로 샤워장을 떠났다.

샤워장에는 물 떨어지는 소리만이 들렸다. 나는 한참을 그저 흐르게 두었다. 남아 있는 물기를 닦아내고 샤워장 밖으로 나섰다.

자기 전에 박서진이 훈련 때 선임들에게 칭찬받은 내용을 우리에게 나열했지만 전혀 부럽지가 않았다. 이곳에 온 지 한 달, 어디를 가도 초행길이었지만 이제는 어디로 가고 있는지 알 것도 같았다.

2023/10/31

나를 싫어하는 사람들에게

체력적으로는 군대에 오고 나서 제일 힘들었다. 이럴수록 내가 나를 지켜줘야 하는데, 선임들에게 지적받는 횟수를 신경 쓰니 그러기가 쉽지가 않다. 내 나름대로는 잘하고 있다고 생각했는데, 그건 나 혼자만의 착각이었다. 아무짝에도 쓸모없는 나의 착각이었다.

다른 사람들의 말이 이곳에서의 나를 만든다. 그게 이 암흑의 핵심이다. 하지만 나는 그들에게 나의 가장 밝은 미소를 선물하고 싶다. 모두가 나를 좋아할 수는 없겠지만, 동시에 모두가 나를 싫어하진 않을 것이다. 나만큼은 나를 아낌없이 사랑해 주자. 그럼 이 순간마저 금방 추억이 되겠지.

수고 많았다, 인호야.

거울

잠이 잘 오지 않았지만 눈을 뜨고도 꿈을 꾸는 것 같았다. 첫 휴가 전날 밤은 크리스마스 이브보다도 내일이 기다려지는 밤이었다. 나를 일으켜 세우던 지겨운 기상나팔도 그날은 경쾌하게 들렸다. 모든 준비를 마치고 휴가 신고를 하기 위해 행정반으로 향하였다. 행정반에는 당직 사관과 당직 부사관이 있었다.

"첫 휴가야?"

나의 소대 선임이기도 한 유대성 상병이 한 말이었다. 그와는 추석 체육대회 때 풋살을 같이 한 적이 있었는데, 엄청난 실력자였다. 덕분에 포상 외박도 하나 얻게 되었다.

"그렇습니다."

"잘 다녀와, 올 때 내 햄버거 잊지 말고."

"어떤 버거 좋아하십니까?"

"야 사 오면 나 바로 징계야. 장난이니까 신경 쓰지 말고 재밌게 놀다 와."

그는 나에게 핸드폰을 불출해 주었다. 나의 주머니가 무거워졌다. 꽤나 오랜만에 느껴보는 무게감이었다. 지휘통제실에서 보고를 하고 약 100일 만에 사회로 나왔다. 소풍도 원래 가는 길이 제일 즐거운 법이기에 나는 지금 이 순간을 진심으로 즐기고 싶었다. 나는 터질 것 같은 가슴을 억누르고 제일 가고 싶었던 곳으로 향하였다. 주문한 햄버거 세트를 받고 자리에 앉자 정신이 혼미했다. 세상이 전부 멈추고 나만이 움직였다. 앉은 자리에서 햄버거를 다 먹어치우고 나서야 세상이 재개되었다. 맥도날드를 나설 때가 돼서야 내 주위가 다 정장 차림인 걸 알았다.

나는 서점에서 아껴두었던 책을 샀다. 《죽음의 수용소》라는 책이었는데 지금이 이 책을 읽을 최적의 시기임이 확실했다. 약속 시간에 맞추어 용산역에 도착했더니 선모가 날 기다리고 있었다. 달라진 내 모습을 보고 그는 신기해하면서도 어쨌거나 100일가량을 해치운 것을 부러워했다. 우리는 예약한 숙소에서 배달 음식과 함께 술을 마셨다.

"솔직히 군대 어떠냐."

나는 그에게 최대한 나의 진심에 가까운 말을 해주고 싶었다.

"좋은 점도 있고 나쁜 점도 있는데, 아직까지는 좋은 점만 생각하고 있어."

"요즘도 때려?"

"때리진 않아. 근데 어떨 때는 차라리 때리는 게 더 나은 것 같다."

"나도 곧 너를 따라가겠구나. 학교를 다니는데도 다니는 것 같지가 않아."

"하루라도 빨리 가. 그게 정답이야."

그렇게 잊지 못할 또 하나의 밤이 나를 지나갔다. 나와 선모는 다음을 기약했고 나는 공항으로 향했다. 나에게 잠시 날개가 생겼다. 신기한 무늬가 새겨진 옷소매를 볼 때마다 나는 내가 어른이 된 것만 같았다. 불과 얼마 전까지는 교복을 입었던 것 같은데 모든 게 순식간에 지나가 버렸다.

비행기가 제주 공항에 도착하자 내가 끝에서 끝으로 왔다는 것이 문득 떠올랐다. 아무도 알아주지는 못하겠지만 내가 알고 있으니 그것만으로 충분했다. 어려웠던 밤마다 집으로 가는 길이 아득하게만 느껴졌는데 막상 와보니 아직 익숙했다. 달라진 건 나의 모습뿐이었다.

집에서 부모님께 조금은 성숙해진 모습을 보여드리고 싶었다. 하지만 그러기엔 3일이라는 시간은 너무나도 짧았다. 하루하루가 지나갈 때마다 전날로 돌아가고 싶었다. 휴가 복귀 전날에는 민지와 오랜만에 데이트를 했다. 민지를 만나는 것은 진심으로 좋았지만 이번에 만나게 되면 또 만날 때까지 시간이 꽤 걸리기에 좋지만은 않았다. 그래도 민지 같은 사람이 내 곁에 있다는 것은 분명 행운이었다. 나는 민지가 쓴 편지를 읽으며 학교로 향했다.

학교에서는 동아리 모임이 한창이었다. 보고 싶었던 얼굴들이 많았기에 이번 휴가에서 가장 기다린 시간 중 하나였다. 그들은 분명 나를 반겨주었다. 나도 진심으로 그들에게 고마운 마음이었다. 그러나 그 자리는 내가 앉을 곳이 아닌 것 같이 느껴졌다. 새로운 얼굴들이 많이 보였다. 그들은 이미 내가 아는 얼굴들과 많이 친해진 것 같았다. 당연한 일이었지만 나에게는 어색한 장면을 보는 것 같았다. 나의 오늘과 그들의 오늘에는 분명 차이가 있었다. 그들은 내일도 모레도 그렇게 살 수 있었지만 나는 아니었다. 하루의 끝이 다가오자 나는 다시 내가 있을 곳에 대한 생각을 떨칠 수 없었다. 이제는 다시 나를 끌어당기는 그들에게 가까워져야 했다. 그렇게 나는 그곳을 도망치듯이 빠져나왔다. 내 안에서 어떠한 변화가 생겼다는 것을 인정할 수밖에 없었다.

휴가에서 복귀하자 나를 기다리는 것이 많았다. 일본어 시험까지는 한 달 정도가 남아 있었고 사이버 지식정보방을 쓰는 법도 알게 되자 잠시 멈췄던 글쓰기도 다시 시작하고 싶었다. 뜀걸음도 본격적으로 시작할 생각이었다. 누적 300km를 달성하면 휴가 2일을 받을 수 있었다. 그리고 그 종이를 가득 채우고 나면 60일도 넘게 지나 있을 것이었기에 그 종이는 하나의 위안거리이자 숫자로 쓰는 일기였다.

당연하게도 나뿐만 아니라 중대에도 해야 할 일이 잔뜩 쌓여 있었다. 훈련이 끝나고 자동으로 시행되는 훈련 물자 정비와 부대원 관리는 이미 진행되고 있었고 부대 관리 주가 끝나면 곧바로 병기본이라고 불리는 평가를 준비해야 했다. 병사 기본 평가의 과목에는 체력, 사격, 화생방, TCCC, 주특기가 있고 모든 과목에서 일정 등급 이상을 맞아야만 상병 진급을 할 수 있고 정기 외출, 외박도 나갈 수 있기에 어느 정도 압박감을 받고 있었다. 이와 동시에 중대 개편이 다가오고 있었다.

80명 중 30명이 다른 곳으로 가야 했다. 나와 성은이는 전입 온 지 얼마 되지 않았다는 이유로 명단에서 제외되었다. 어렵게 정착을 했고 적응을 해나가는 단계였기에 나도 다시 다른 곳으로 옮기고 싶지는 않았다. 그리고 선임 30명이 없어진다면 군 생활에 차이가 생길 것도 같았다. 이것들이 나와 닿아 있는 것은 분명했지만 나는 나의 관심사를 다른 곳으로 집중시키고 싶었다. 지금 나에게 가장 중요한 건 누가 어디로 떠나는지가 아니라 책에 적힌 일본어 단어들과 책에 적고 싶은 내 마음 안에 있는 단어들이었다.

불과 7일 정도였지만, 사회에 있는 동안 내가 얼마나 좁은 곳에서 하루하루를 죽여내는지 알 수 있었다. 내가 궁극적으로 있을 곳은 이 울타리 밖이기에 내 하루들을 살아 있는 시간으로 만들고 싶었다. 다행 중 하나는 박서진이 다른 곳으로 전출을 간다는 사실이었다. 박서진

말고도 나와 성은이에게 적대적이라고 할 수 있는 인물들도 여럿 전출을 가게 되었다.

자연스레 생활관 대표병은 나와 성은이가 번갈아 가면서 맡게 되었다. 이번 달은 내가 생활관 대표병이기에 나는 연등을 직접 신청할 수 있었다. 개인 정비 시간에다 연등까지 하게 된다면 하루에 적어도 3시간은 나의 시간으로 쓸 수 있었다. 주말에는 그보다 더 많은 시간을 확보할 수 있었다. 연등 장소는 사지방, 상담실, 행정반이 대부분이었고, 간혹 이발실을 쓰는 선임도 있었지만, 그건 전혀 다른 목적이었다.

이는 이발실에서만 일어나는 이야기는 아니었다. 사지방에는 자리가 각각 독립되어 있어 개인으로서 어떤 것을 하기에 적합했다. 연등을 할 때에는 핸드폰을 사용할 수 있기에 남아 있는 욕구를 어느 정도 해소할 수 있었다. 이러한 사실은 모두가 알지만 모르는 척을 했던 것 같다. 나도 당연히 그 모두의 일부였다. 그러나 나는 목적이 명확했다. 유혹이 아예 없던 것은 아니었지만 이제는 그런 것에 흔들릴 수 없었다. 앉는 자리에도 암묵적인 규칙이 있었기에 나는 항상 문에서 가장 가까운 의자에만 앉을 수 있었다. 그렇게 나만의 시간을 조금씩 쌓아나갔다. 결과 때문에 시작한 일인 것도 맞지만 이렇게 하루에 조금씩이라도 오로지 나를 위해 쓰는 시간은 그 자체로도 충분히 가치가 있었다. 개인 정비 시간에는 글쓰기와 독서를, 연등 시간에는 일본어 공부를, 이것이 나의 약속이었다.

> 2023/11/11
>
> 나는 다시 일상으로 돌아왔다. 일과를 하고, 일본어, 글쓰기, 운동에 집중을 하려고 노력하는 중이다. 이 약속이 나를 지켜주고 있음을 알게 되는 나날들이 있었다. 그래서 휴가에서 복귀를 했다고 해서 절망적이지는 않았다. 어느덧 11월의 중반으로 향하고 있다. 내가 좋아하는 연말이 다가오고 있다. 하지만 이번 연말은 실감이 나지 않는다.
>
> 뭐 어떡하겠냐. 그냥 하는 거지. 그래도 다행인 점은 2주에 한 번꼴로 찾아왔던 이 모든 것에 대한 회의감이 점점 희미해지고 있다는 것이다. 곧 눈이 올 것 같다.

'왜 살아야 하는지 아는 사람은 어떤 상황도 견딜 수 있다.'라는 《죽음의 수용소에서》 속의 한 구절이 나를 울렸다. 나에게 필요한 말이었다. 내가 그들처럼 극한의 상황까지 밀려오지는 않았지만 이보다 힘들지도 모르는 미래에 대비하기 위해서라도 그 말은 나에게 필요했다. 내 마음속에는 못이 있다. 일본어를 더 잘하고 싶은 마음이 있고, 완성된 내 글을 세상에 내놓아 보고 싶은 마음이 있다. 그 못들을 위해서 살아야 한다고 나와 약속을 했다.

일본어 공부는 늘 벽이 있는 것처럼 느껴졌다. 그 벽은 늘 나를 가로막았다. 나는 그것을 넘지 못하고 항상 다른 길을 찾다가 되돌아오곤 했다. 그러다가 여기까지 왔다. 이 자리에서는 벽을 넘지 못하더라도 부딪칠 수 있을 것 같았다. 당장 내일의 나는 못 할지라도 1년 3개월 뒤의 나라면 가능할 것 같았다. 그렇게 매일 꿈을 꾸다 기상나팔이 울리면 또 다른 오늘이 나에게 매일 주어졌다. 그토록 낯설었던 파주가, 이제는 내 하루를 구성하는 유일한 장소가 되어 있었다.

아직 선임들과 완벽하게 친해졌다고 할 수는 없었지만 이제는 나를 감추는 것보다 드러내는 것에 무게를 더 두려고 했다. '수고하십니다.'와 '그렇습니다.'는 나의 몸 어느 부분에 완전히 각인이 되어 있었다. 병기본도 최대한 높은 점수를 받고 싶어 나름의 노력을 기울였다. 생소하고 어려운 것들도 있었지만 그것마저도 받아들이려고 했다. 체력에서는 특급이 나왔는데 불과 2년 전까지 팔굽혀펴기 한 개도 제대로 못 하던 나로서는 특별한 순간이었다. 한 개부터 일흔두 개까지. 쉽게 내려갔다 올라온 개수는 없었다. 뜀걸음도 꾸준히 하니 체력이 좋아지는 걸 조금이나마 실감하게 되었고, 꾸준히 하는 일이 생기면서 생활에 생기가 돋는 것 같았다.

2023/12/03

팔굽혀펴기에 대한 짧은 고찰

얼마 전에 본 체력 측정에서 팔굽혀펴기 특급이 나왔다. 누군가에겐 당연한 걸지도 모르겠지만 19년 가까이 팔굽혀펴기 한 개도 못 하는 사람으로 살던 나에게는 많은 의미가 있던 순간이었다.

원래 육사에 갈 생각이 없었는데 1차에 합격하고 남들보다 빨리 입시를 끝낼 수 있다는 생각에 수능을 100일 앞두고 2차 준비를 시작했다. 그렇게 간 헬스장에서 나는 2주 동안 팔굽혀펴기를 단 한 개도 못하고 들어왔다. 처음 며칠은 괜찮아지겠지 하며 넘어갔는데 이게 2주가 되니까 팔굽혀펴기를 하러 헬스장에 가는 것이 너무 무서웠다. 엄마 아빠는 나를 위해 시험 날에 서울로 숙소를 잡고 PT를 끊어주고 새벽마다 나를 깨워주시고, 선생님과 친구들은 응원해 주고 도와주는데 나는 팔굽혀펴기를 한 개조차 못 하니까 그 사람들에게 너무 죄송했고 내가 싫어졌다. 그러다가 3주 차가 되니까 팔굽혀펴기 한 개를 했다. 한 개를 하니 두 개를 할 수 있게 되었고 남은 2주 동안 정말 열심히 해서 시험 때는 삼십 개 정도를 했다. 이랬던 내가 군대에서 매일 꾸준히 운동을 하니 상상조차 할 수 없었던 숫자의 팔굽혀펴기를 하는 사람이 되었다.

일본어를 공부하며, 단편영화를 만들며, 글을 쓰며, 특히 군대에서 느낀 건데 남들과 똑같이 무언갈 배워도 내가 그걸 이해하고 내 것으로 만드는 것이 항상 느렸다. 내 옆에 있는 사람들은 어느새 뚝딱뚝딱하고 있는데 나는 아무것도 하지 못하고 그 사람에게 항상 도와달라고 해야 했다. 이게 정말 싫었는데 팔굽혀펴기를 매일 하고, 매일 일본어를 공부하고 또 나름의 결과를 만들면서 나같이 더딘 사람은 꾸준히 그리고 열심히 하는 것만이 답이라는 생각을 한다.

그래서 나는 군대에서의 시간이 정말 소중하다. 겉으로는 힘들다고 매일 징징대고 있지만 4개월 동안 일본어도 N2를 볼 수 있을 만큼 늘었고 책도 많이 읽고 운동도 매일 하고 글도 꾸준히 썼다. 앞으로의 14개월뿐 아니라 그 이후까지도 이 생각은 변함이 없을 것 같다. 꾸준히 그리고 열심히.

중대 개편 날짜가 오늘이 되었고 전출을 가기로 한 인원들은 짐을 쌌다. 그들을 데리러 온 차량이 도착했다는 방송이 울릴 때마다 그들은 우리에게 작별 인사를 했다. 눈물을 보이는 이들도 있었다. 누군가에게는 눈물을 흘릴 만한 일일 수도 있는 거니까. 나는 이해를 하기로 했다. 나도 이곳을 떠나는 그날에 눈물이 나올까 싶기는 했다. 너무 먼 미래 같아서 나와는 상관이 없는 일처럼 느껴졌다. 그것보다는 나에게 다가올 일들에 집중하고 싶었다.

외박이 다가오고 있었다. 그 주말은 내게 시험이자 상이었다. 다만 전우조라는 변수가 있었다. 부대에서는 휴가를 제외한 출타를 나갈 시에 무조건 전우조와 동행을 해야 했다. 박서진은 그 전날에 다른 부대로 전출을 가고 나의 전우조가 될 수 있는 인원은 성은이뿐이었다. 다행히 성은이는 나의 부탁을 흔쾌히 받아들였다. 박서진의 전출을 계기로 성은이와 가까워지고 있었고 성은이도 체육대회 때 외박을 하나 얻었기에 이참에 사회에서 게임이나 실컷 하다 오고 싶다고 말했다. 그러나 우리의 발목을 잡은 것은 영상 감시 근무였다.

우리가 외박을 나가기로 한 주말에 성은이의 영상 감

시 근무가 잡혀 있었다. 사실 근무야 바꾸면 되는 것이었지만 어떤 선임도 성은이와 근무를 바꾸고 싶어 하지 않았다. 나는 상황을 최대한 낙관적으로 바라보고 있었지만 외박 전날까지 근무를 바꾸지 못했다는 성은이의 말은 낙관적이지 않았다. 성은이는 10만 원을 준다고 했는데도 다들 싫다 했다고 나에게 말했다. 나는 이 상황에서 내가 할 수 있는 최선이 무엇인지 잠시 생각했다. 선임들과 외박을 나가는 건 죽기보다 싫었다. 제주도에 있는 가족을 이곳에 부를 수도 없었다. 아무리 생각해도 성은이와 나가는 것만이 유일한 방법이었다. 나도 성은이와 함께 근무를 바꿔줄 사람을 구하러 다녔다. 다들 달가워하지 않았고 나도 이를 잘 알았지만 내게는 다른 방법이 없었다.

수많은 거절을 당하고 일본어 시험을 포기해야 하나 싶었다. 고작 이런 이유 하나로 시험을 보러 갈 수 없다는 게 싫었다. 그날따라 들려온 노크 소리는 낮고 조심스러웠다. 문을 열자 김형범 일병이 서 있었다. 나와는 많은 접점이 존재하지는 않았지만 성은이가 한창 혼날 때 나에게 성은이를 잘 챙겨주라고 말한 몇 안 되는 인물이었기에 나에게는 인상적인 사람이었다.

"너네들 숙소도 이미 잡았지?"

"그렇습니다."

"동기도 없고 선임들만 있어서 너네도 참 고생이다."

"아닙니다."

"근무는 내가 대신 들어가 줄게. 외박 잘 갔다 와."

그의 배려 덕분에 외박을 나갈 수 있게 되었다. 시험 하나 보러 가는 게 이렇게 어려울 줄은 몰랐다. 그래도 어떻게든 잘 풀려서 다행이라고만 생각했다. 일본어 시험 자체에 집중해야 하는데 그것을 둘러싼 것들에 집중하기에 바빴다.

휴가 때와는 또 다른 감상이었다. 그때보다는 확실히 여유란 것이 내 마음속에 존재하고 있었다. 우리는 일단 아침을 해결하기 위해 던킨도너츠를 향하는 버스에 올라탔다. 문산역 근처에는 군인들로 인산인해를 이루고 있었다. 그들의 표정은 하나같이 밝아 보였다. 아침이어서 더 그랬던 것 같다. 던킨도너츠에서 맞이하는 여유로운 아침은 환상적이었다. 성은이도 정말 좋아해서 만족스러웠다.

부모님께 무사히 나왔다는 연락을 드리고 우리는 짧은 여행을 떠났다. 성은이를 학교 근처 피시방에 데려다준

후 나는 민지를 만나러 갔다. 민지는 학교에서 있던 이야기를, 나는 군대에서 있던 이야기를 서로에게 나누었다. 잘 섞이지는 않았다. 겉으로 티를 낼 수는 없었지만 나와 민지 사이에 어떤 차이가 생긴 것을 그때 처음으로 인정했다. 공감을 하려고 해도 공감이 되지 않았다. 아마 민지도 비슷한 형태의 무언가를 느끼지 않았을까.

오히려 성은이와 숙소에서 시켜 먹은 배달 음식이 더 맛있었다. 이야기도 더 재밌었다. 할 수 있는 말과 하고 싶은 말이 더 많았다. 우리는 술에 취해 전투복을 완전히 벗지도 않은 채 걱정 없는 잠을 잤다. 성은이와는 6시에 역 앞에서 보기로 하고 나는 시험을 보러 근처 중학교로 저벅저벅 걸음을 옮겼다.

시험장에서 군복을 입고 있던 건 나뿐이었다. 중학교의 풍경들을 구경하니 잠시나마 나도 감상에 빠졌다. 중학교의 시절이 아직도 진행되는 것처럼 생생한데, 모든 것이 순식간에 일어나고 또 끝나버린 것 같았다. 시험장의 사람들은 가지각색이었다. 나보다 훨씬 어려 보이는 학생도, 흰머리가 지긋한 할머니도 나와 똑같은 시험지를 풀었다. 시험이 끝나고 그 많은 사람들이 일제히 계단을 내려갔다.

밀려 내려가는 듯한 인파를 보면서 나는 저들과는 다른 존재임을 알게 되었다. 저들은 무슨 생각을 하고 있을까. 한다면 나와는 다른 종류의 걱정이지 않을까. 씁쓸함을 가지고 마지막 계단에 발을 내렸을 때, 나를 부르는 선명한 목소리가 들렸다.

"강인호?"

과 동기이자 나보다 1살 위인 성연 누나였다. 전혀 예상하지 못한 만남에 나는 당황을 숨기지 못했다.

"너 군대 갔다고는 들었는데, 이렇게 볼 줄은 몰랐네?"

"그러게. 누나 잘 지내지?"

"물론이지. 나중에 휴가 나오면 밥이나 먹자."

"그래."

그때 거울에 비친 내 머리가 유독 짧아 보였다.

역 앞에는 성은이가 서 있었다. 그를 멀리서도 한눈에 알아볼 수 있게 된 나였다. 우리는 저녁을 간단히 먹고 부대로 돌아갔다.

중대 개편으로 인하여 분대장 인원에 변화가 생겼다. 내가 눈여겨볼 만한 변화는 박호영이 분대장이 되었다는 것이었다. 그래서 박호영이 당직 근무에 들어가게 되었다.

외박 복귀 보고를 하고 그가 우리의 짐 검사를 실시했

다. 원래는 당직사령이나 사관의 몫이지만 그가 적극적으로 의사를 표명했다. 그의 손이 나의 가방을 휘젓고 다녔다. 문제가 될 만한 물건이 없다는 것을 알았기에 불안하거나 그러지는 않았지만 조금은 불쾌했다. 짐 검사의 목적은 이해할 수 있었지만, 박호영의 손길에는 다른 의도가 있는 것 같았다.

성은이의 차례가 되고 그는 성은이의 가방에서 화장품을 하나 꺼내 들었다.

"이거 뭐냐?"

"아 그거 한지훈 병장이 부탁한 겁니다."

"확실해? 지훈이한테 전화해 본다?"

"그렇습니다."

그는 진짜로 한지훈 병장에게 전화를 걸어 본인의 부탁한 물건이 맞는지 확인했다. 사실 확인이 끝나고 그는 아무 일 없었다는 듯이 킥킥대며 핸드폰을 했다.

"빨리 꺼져."

"그렇습니다."

점호시간에는 우리의 청결 상태를 직접 확인하겠다며 생활관을 검사했다. 생각보다 꼬투리 잡을 것이 없었고 그는 아쉬운 표정으로 생활관 밖으로 나갔다. 나는 여행에서 돌아왔음을 실감했다. 내 세계가 다시 좁아졌다.

아침 점호 때에는 귀마개와 장갑이 필수였다. 잔뜩 껴입지 않으면 점호 내내 고통을 느껴야 했다. 어둠 속을 뛰어다니며 나는 올해가 머지않았음을 문득 알게 되었다.

그때 나는 주간 영상 감시 근무가 있었기에 일과 시간과 개인 정비 시간을 구분할 것 없이 영상 감시 근무에 들어갔다. 이득을 본 것도 있었지만 손해가 더 큰 느낌이었다.

긴 시간 동안 아무런 변화 없는 화면을 보는 행위는 고역이었다. 나는 밀렸던 생각을 정리하곤 했다. 그때도 그렇게 시간을 흘려보내고 있었는데 갑자기 지휘통제실이 소란스러워졌다. 간부들이 다급해했고 밖에서는 심폐소생술을 하는 소리가 들려왔다. 나는 그 소리들을 조용히 청취했다. 몇 분 후에 위병소로 구급차가 들어왔다. 누군가를 싣고 구급차가 출발했다. 당직사령은 자신이 할 수 있는 것을 다 하고는 자리에 주저앉았다.

"씨발, 왜 하필 내 당직 때야."

당직 부관은 그의 기분을 살펴야 했다.

"왜 때문이랍니까?"

"몰라, 점호하다가 갑자기 쓰러졌대."

"오늘도 자기는 그른 것 같습니다."

"그니까 씨발, 당직비 꼴랑 만 원 주면서 바라는 건 뒤지게 많아요."

어느새 교대 시간이 되어 있었고 나는 조용히 지휘통제실을 빠져나왔다. 첫눈이 내려오고 있었다. 나에게는 눈이 왔다는 사실이 낭만적이게 다가왔지만 다른 이들은 그러지 않은 것 같았다. 다들 제설에 대한 걱정들을 쏟아내기 바빴다. 나의 낭만은 내가 쥔 빗자루에 쓸려갔다.

날씨가 미웠던 적은 그때가 처음이었다. 비가 일을 덜어준다면 눈은 일을 더해주었다. 겨울날에는 눈을 뜨면 밖에 눈이 쌓였는지 확인하는 것이 나의 첫 번째 일과였다. 눈이 쌓였으면 어김없이 방한 대책을 강구하여 제설을 하러 나오라는 방송이 들렸다. 나와 성은이는 장비들을 챙겨 가장 먼저 행정반 앞에 도착해 있어야 했다. 모든 인원이 빠짐없이 나온 것을 확인하고 나면 가장 막내인 나와 성은이를 호명했다. 제설 구역을 소대별로 배정하는 가장 좋은 방법은 역시나 가위바위보였다. 이기면 영웅, 지면 역적이 되었다. 그 지위는 다음 가위바위보의 결과가 나올 때까지만 유지되었다. 다행히 나는 역적보다는 영웅이 된 날이 많았다. 자연스럽게 성은이는 역적이 되었다.

가위바위보는 당연하게도 순수한 운에 가까워 본인의 의도가 반영되지 않는 게임이지만 선임들은 성은이에게 그런 점을 고려해 주지 않았다. 하지만 가위바위보에서 이긴다고 해도 나에게 할당되는 일의 양은 크게 달라지지 않았다. 모두가 같이 제설을 하지만 모두가 같은 제설을 하지는 않는다. 내가 열심히 제설을 하는 동안 선임들은 눈싸움을 하거나 눈사람을 만들었다. 눈오리라는 것을 만들기 위해 도구를 갖고 오는 사람도 있었다. 1년 후에 만약 제설을 하게 된다면 절대 저런 선임은 되지 않을 거라고 또 하나의 다짐을 문신처럼 내 마음에 새겼다. 그래도 제설이 끝나고 먹는 밥은 정말 맛있었다.

"박호영이랑 이준호는 씨발 일도 안 하면서 좆같이 왜 이렇게 꼬투리만 처잡는 거야."

겨울이 되고 성은이가 화를 내는 빈도가 눈에 띄게 늘어났다.

"짬 없는 게 죄다 죄. 가위바위보도 진짜 손 떨려서 못하겠어."

"씨발 언제까지 우리가 막내인 거야. 다른 새끼들은 이

짬 때 잔류도 안 나갔잖아, 왜 우리한테만 지랄인 거야."

"2월 말 넘어서 신병이 들어온다고 하던데, 우리한테 진짜 너무하는 거 아니야?"

화가 많아진 건 나도 마찬가지였다. 다만 내가 수렴하는 화였다면 성은이는 발산하는 화였다.

우리의 마음을 아는지 모르는지 하늘은 눈을 계속해서 내려주었다. 그러면 나와 성은이는 아무 일 없었다는 듯 또다시 같은 행위들을 반복했다. 그런 일들이 겨울 내내 반복되었다. 그래도 그날은 처음으로 평일 외출을 나가는 날이었기에 하얀 눈이 내리는 것이 나쁘지만은 않았다. 심지어 크리스마스 바로 다음 날이었다. 성은이는 저번에 선임들과 게임을 하러 나가본 적이 있었기에 우리의 평일 외출을 지휘했다. 성은이는 게임을 하러 피시방에 가는 것을, 나는 돈가스를 먹고 카페에 가는 것을 목표로 삼았다. 나는 개인으로 있는 시간이 절실했기에 그 외출이 무척이나 기대되었다. 나는 가방에 일기와 노트 그리고 한 권의 책을 담았다. 그 모습을 본 성은이는 한마디 거들었다.

"평일 외출은 그런 감성이 아닐 텐데?"

"할 것도 없는데, 이거라도 해야지."

우리의 목적지인 법원리는 조촐하지만 실속이 있는 곳이었다. 얼핏 봐서는 낙후되어 보였지만 그래도 있을 건 다 있었다. 마치 우리의 컨테이너 막사 같았다. 나는 미리 점 찍어두었던 돈가스 집에서 식사를 하고 근처 카페에서 밀린 통화들을 하였다. 그곳에서는 영상 통화도 할 수 있었는데, 마침 선모가 곧 입대여서 짧게 깎은 머리를 보여주었다. 나는 그동안 갈고 닦은 거수경례를 멋들어지게 보여주었다. 사회에서는 시간의 농도가 짙었다. 그만큼 복귀도 금방 다가왔다. 그래도 그날은 밖에 쌓인 눈처럼 새하얀 일기를 쓸 수 있었다.

연어를 먹는 꿈을 꾸었다. 사회에 있을 때는 그렇게 좋아하는 음식이 아니었는데도 간절하게 연어를 원했다. 그러다 올해의 마지막 날 선물처럼 저녁 식사에 연어덮밥이 나왔다. 나는 갈증을 푸는 사람처럼 연어를 채워 넣었다. 만족스러운 샤워를 하고 생활관으로 돌아오니 내 몸에 이상이 생긴 걸 알아차렸다. 평소와는 다른 몸의 무게를 느꼈다. 어떻게 해야 할지 잠시 고민하다가 일단 하루 쉬어보는 길도 나와 타협을 했다. 그날은 공부도 연등도 글쓰기도 생각하지 않고 내 몸을 눕혔다. 다음 날 일어났을 때 몸이 나아지기를 기대했지만 그런 일은 일어나지 않았다. 새해에도 눈이 왔다. 제설은 날짜의 색깔을 구별할 줄 모른다. 제설 방송이 들렸으니 나는 무거운 몸을 이끌고서라도 찬 겨울의 한복판으로 들어가야 했다. 휴일에 제설할 때의 가장 큰 차이는 선임들의 표정이다. 하지만 그때는 내 표정이 그들보다 몇 배는 더 어두웠다. 다행히 중대가 개편되고 나의 분대장이 된 유대성 상병이 이를 바로 알아차렸다.

"너 어디 안 좋아? 표정이 말이 안 되는데."

"저 진지하게 몸이 안 좋습니다."

"야, 그럼 여기 있을 게 아니라 생활관에서 쉬어야지."

"어떻게 그럽니까."

"잠시 기다려 봐."

유대성 상병이 당직 사관과 당직 부사관과 이야기를 하더니 나를 제설에서 열외시켜 주었다. 선임들의 눈치가 아예 안 보이지는 않았지만 그때는 그게 내 눈에 들어오지 않았다. 나는 펄펄 끓는 몸을 냉기가 감도는 생활관에서 식혔다. 이곳에 처음 도착했을 땐 파주의 공기조차 내 것이 아니라고 느꼈다. 그 컨테이너가 좋았던 적이 없었는데 그때 처음으로 이 공간에 감사했다. 내 방만 한 아주 작은 칸이었지만 안락했다. 이제는 이곳이 내 방이었다.

유대성 상병은 나에게 병원에 갈 것을 권유했다. 나는 그의 말을 따랐다. 두꺼운 겉옷을 겹겹이 입고서 행정반에서 나갈 때 그가 그와 친한 선임과 하는 이야기가 들렸다.

"아주 지극정성이구만."

"인호는 내 새끼잖아."

나는 당직 사관의 차를 타고 여단에 달려 있는 의무대대로 향하였다. 그들은 나에게 휴식과 진통제를 처방해주었다.

"아프면 참지 마요, 군대에서 아프면 서러워요."

"감사합니다."

새해 덕담은 덤이었다.

의무대대 막사의 분위기는 화사해 보였다. 여기저기서 크리스마스를 맞이했던 흔적과 새해를 준비하는 설렘이 느껴졌다. 복도에 놓인 거울에서는 스물둘이 되기까지 몇 시간만을 남겨둔 한 남자가 보였다. 소년이라고 하기엔 시간의 누적이, 성인이라고 하기엔 아직 앳되어 보이는 얼굴이 보였다.

올해의 마지막 점호도 지나가고 나는 아픈 몸을 이끌고 연등을 하기 위해 사지방으로 나섰다. 선임들은 나를 볼 때마다 내 몸이 괜찮은지를 물어봐 주었다. 의무대대에서 보였던 따뜻함은 이 추운 컨테이너에서도 피어날 수 있는 것이었다. 이미 다가온 해의 달력에도 내 전역날은 보이지 않았다. 1년 뒤 내가 하고 있을 모습을 내 일기장에 그려보았다. 얼마나 행복할지 가늠이 되지 않았다. 남은 시간에 들어간 인터넷에서는 온갖 연말 시상식 결과들을 내게 알려주었다. 그들은 모두 화려한 옷과 멋있는 머리를 갖고 있었다. 그들과 내가 가깝다고 생각한 적은 없었으나 그때만큼은 더욱 멀게 느껴졌다.

연등을 끝내고 들어간 캄캄한 생활관에서 나는 새해를 맞이했다. 지난해를 돌아보니 많은 변화가 있던 것은 분명했다. 내 인생에서 한 번쯤은 꼭 짚고 넘어갈 만한 그런 해이지 않을까 짐작만 했다. 책들을 관물대에다 정리하고 매트리스에 누웠다. 성은이는 뜬눈으로 뒤척이고 있었다.

"왜 안 자?"

"내일 휴가인데 이렇게 잘 수는 없지."

"부럽다, 진심으로 부럽다."

"새해 복이나 받아, 인마."

"너도."

그렇게 새해가 되었고 나는 스물둘이 되었다. 언젠가 떠날 이곳을 나는 그때부터 비로소 조금씩 살고 있었다.

2023/12/31

2023년의 마지막 날. 올해는 정말이지 순식간에 지나갔다. 그리고 어느 때보다 다사다난했다. 그렇지만 좋은 날이 더 많았던 걸 잊어서는 안 된다. 무엇보다 내가 사랑하는 것을 명확하게 알게 되었고 좋은 음악, 책, 영화를 많이 알게 되어서 행복했다. 덕분에 2023년이 즐거웠다.

내년에도 군대에 있어서 답답한 부분이 있겠지만 좋은 기회라고 생각하고 내가 세웠던 목표들에 다가가 보자. 올 한 해 정말 수고 많았다. 내년에도 수고하자.

전화번호부

새해가 시작되는 날에 중대장님은 우리에게 새해 목표를 적는 시간을 가지자고 하셨다. 최소 다섯 개를 적으라고 지시하셨다.

"너네들 대부분이 올해 전역이니까, 사회 나가서 하고 싶은 거 적어도 좋고 아무튼 적어 봐."

그때 장난기가 많은 같은 소대의 오유진 병장이 손을 번쩍 들었다.

"인호랑 성은이는 올해 전역 못 합니다."

그의 말에 그곳은 웃음바다가 되었다.

"중대장도 알아, 그러니까 대부분이라고 했잖아. 그래

도 내년 1월이면 사실상 올해 전역이지. 아닌가?"

나는 내가 올해 이루고 싶은 것에 대하여 생각했다.

우선 가장 중요한 것은 일본어 실력의 향상이었다. 그러기 위해선 꾸준히 일본어 공부를 하는 것이 필요했다. 나는 종이 안에 그어진 칸 중 가장 높은 곳에 매일 일본어 공부하기라고 적었다. 그다음으로 중요한 것은 글쓰기였다. 아직 결과물에 대한 욕심이 그리 크지는 않았지만, 그렇다고 해서 결과물을 생각하지 않고 글을 쓸 수는 없었다. 나는 두 번째로 높은 곳에 준비하는 소설 완성하기라고 적었다.

군대에 오고 들인 습관 중에 가장 만족스러운 것은 독서였다. 틈틈이 책을 읽으면 못해도 일주일에 한 권은 충분히 읽을 수 있었다. 내가 이곳에 온 지 25주 정도가 되었으니까 25권의 책을 읽은 것이다. 사회에 있을 때를 생각해 보면, 적은 숫자는 아니었다. 그리고 많이 읽고 많이 써봐야 좋은 글이 나올 수 있다는 것이 나의 믿음 중 하나였다. 나는 세 번째 높은 곳에 책 52권 읽기라고 적었다.

개인 정비 시간과 핸드폰을 쓸 수 있는 시간은 평행을 이루었다. 시간이 한정적이기에 그 시간에는 핸드폰을

1분이라도 보지 않으면 손해라는 생각이 들기도 했다. 그렇게 1분을 쌓다 보면, 1시간이 되고 하루가 되고 한 달이 될 수 있음을 실감한 지난 나날들이었다. 1년이 되지 않으리라는 법도 없었다. 입대한 지 얼마 되지 않았을 때에는 핸드폰을 하는 것 자체가 벅차서 다른 생각이 끼어들 틈이 없었는데, 지금 생각해 보면, 핸드폰의 노예가 되는 과정인 것 같았다. 나는 네 번째로 높은 곳에 핸드폰 하는 시간 줄이기라고 적었다.

이제 남은 목표는 하나였다. 마음 같아서는 전역하기라고 간절하게 채워 넣고 싶었지만, 그것은 불가능한 목표였다. 나는 마음을 비우고 천천히 다른 목표를 탐색했다. 그때 중대 개편 때 2중대에서 1중대로 이동한 나보다 1살 어린 최영호 상병이 나에게 필요한 말을 꺼냈다.

"인호야, 너 적금은 드냐?"

"군적금 말씀이십니까?"

"군적금은 당연히 들어야 하는 거고, 따로 적금 안 들어?"

"그렇습니다."

"그럼 적금 빼고 남는 돈은 어디에다 둬."

"그냥 통장에 모아 둡니다."

"그럴 바엔 차라리 적금 하나 더 들어. 잘하면 7%까지 받을 수 있어. 어차피 1년 동안 많이 쓰지도 못하는데."

"방금 목표가 하나 생긴 것 같습니다."

나는 이 목표들을 내 관물대 깊숙한 곳에 잘 넣어두었다. 만족스러운 새해의 출발이었다. 다만, 이 다섯 개의 목표가 머지않아 훈련과 작전 사이에 잊힐지도 모른다는 불안이 엄습해 오는 것도 사실이었다. 그래도 그 목표들은 나를 지탱해 주고 버티게 해주는 이유였다. 우리 중대는 행군 준비에 한창이었다. 모두가 열의로 가득했다. 행군을 완주하면 포상 휴가 1일을 기본으로 지급하고 완주 비율이 가장 높은 소대에게는 포상 외박 지급을 공약으로 내걸었다.

만반의 준비를 마치고 저마다의 목표를 발걸음에 새기며 우리는 행군에 나섰다. 행군의 고통스러운 점은 크게 3가지다. 첫 번째로는 엽기적인 무게이다. 20kg에 달하는 군장, 나의 몸에 직접적인 압력을 가하는 장구류, 들고 다니기에 무시할 수 없는 무게인 총을 한꺼번에 몸에 메달고 끊임없이 이동한다는 것은 많은 고통을 일으킨다. 이 고통을 지닌 채로 20km에 도달하기란 쉬운 일이 아니다. 걷다 보면 걷기라는 감옥에 갇힌 것 같은 기분이 들기도 한다. 이 2가지는 버티는 마음으로 내 건강을 담보로 잡으면 되지만, 포기하고 싶은 유혹은 참기가 힘들다. 포기하면 이 모든 것을 그만두고 편한 상태가 될 수 있다. 그 유혹과 싸우는 일이야말로 행군 완주의 핵심이었다.

행군 때는 시계를 보면 손해라는 말이 있다. 시간을 보면 높은 확률로 절망에 빠지게 된다는 것이 그 근거이다. 아무런 생각을 하지 않고 걷는 것이 그나마 좋은 방법이라고들 한다. 나는 그 방법을 선택했다. 그렇게 내가 걷고 있을 때 뒤에서 누군가가 쓰러지는 소리가 들렸다. 누군지 짐작이 갔지만, 그저 내 걸음에만 집중했다. 소문은 바람을 타고 금방 내가 있는 곳까지 전달되었다. 역시나 성은이었다. 평소라면 욕을 했을 선임들도 그럴 여유가 없는지 입을 닫고 걷기만 하였다. 훈련소 때 해봤던 행군이지만, 그때보다 몇 배는 힘들었다. 체력적으로는 향상이 된 것을 지표로도 확인할 수 있었기에 긴장을 덜었지만 이 심적인 요소가 오히려 내 생각과는 다른 방향으로 작용했다. 수련하는 마음으로 한 걸음 한 걸음을 만들어 가다 보니 약속한 것처럼 부대에 도착해 있었다. 부대로 돌아오는 길이 고비였지만 어쨌든 완주를 했기에 그 고통은 이미 사라져 있었다. 나에게 남은 건 휴가와 외박뿐이었다.

바닥과 한 몸이 되어 격렬한 휴식을 취하고 있을 때 멀찍이 성은이의 모습이 보였다. 자기 몸만 한 군장을 메고 성은이는 결승선에 도착하였다. 성은이는 불안정한 호흡을 내쉬고 또 들이켰다. 나는 마음으로 성은이에게 진심이 담긴 박수를 보내주었다. 이 낭보를 가장 먼저 민지에게 전하고 싶었다. 핸드폰을 받자마자 나는 민지에게 오늘 있었던 일을 메시지에 담아 보냈다. 늘 순식간에 사라졌던 1이 그날만큼은 신경이 쓰일 정도로 사라지지 않았다. 공부도 작업도 손에 잡히지 않았다. 나는 내가 그토록 경계하는 핸드폰의 노예가 되어 민지의 답장을 기다렸다. 8시 50분, 핸드폰을 반납하기 10분 전에 그녀의 답장이 도착했다.

'오빠, 하고 싶은 얘기가 있는데, 통화 가능해?'

'민지야 나 이제 핸드폰 내야 해서 내일 통화할 수 있을까?'

내가 그때 할 수 있는 말은 이게 전부였다.

그날은 과감히 연등을 취소하고 성은이에게 고민 상담을 요청했다. 민지의 메시지가 주된 고민거리였다. 그 메시지를 보는 순간 직감했지만 나는 인정하고 싶지 않았다.

"사실은 내일 전화로 '수고했어.' 같은 말을 하고 싶은 거 아닐까? 행군도 했고 외박도 얻었으니까 충분히 그럴만한 것 같은데."

"드디어 미쳤구만."

나는 평소보다 몇 배는 더 깊은 한숨을 쏘아대며 내일의 5시 30분을 기다렸다. 그 시간이 형벌 같았다. 나는 그 벌을 온몸으로 견뎌내야 했다. 행군보다도 길게만 느껴지는 시간이었다. 그 벌을 모두 받고 핸드폰을 받았을 때, 나는 곧바로 민지에게 전화를 걸었다.

"어, 민지야."

"어, 오빠. 그게 우리 그만 만나는 게 좋을 것 같아. 미안. 분명 내가 기다린다고 했는데, 그러기가 너무 힘들 것 같아."

"알았어. 그래도 앞으로 잘 지냈으면 좋겠다."

전화를 끊자마자 이유라도 물어볼걸 후회했다. 그러나 이미 그녀는 나를 지나친 사람이 되어 있었다. 하루 전으로 돌아가 내 미래를 바꾸고 싶었다. 하지만 이 모든 상상은 부질없는 짓이었다.

나는 사지방 컴퓨터에 앉아 이 사태의 원인에 대해 생

각해 보았다. 사실 이 상황을 예상하지 못한 것은 아니었다. 민지가 면회에 오고 싶다고 했을 때, 나는 거리가 멀고 나 때문에 일찍 일어나서 이런저런 준비를 하지 않았으면 좋겠다는 것을 이유로 민지의 호의를 거절했다. 약간은 실망한 듯한 민지가 매일 편지를 써 주겠다고 했을 때, 나는 그러면 선임들이 분명 관심을 가질 텐데, 그 관심이 나에게 부담으로 돌아올 것 같다는 이유로 그녀의 호의를 거절했다. 나를 되돌아보았을 때도, 민지와의 약속보다는 나와의 약속을 우선순위에 둔 것도 사실이었다. 어쩌면 일어날 일이 생각보다 빠르게 일어난 것일 뿐이었다. 나와 민지의 이야기를 은근히 궁금해했던 성은이에게 나는 결말을 알려주었다. 성은이는 차라리 잘 되었다고 나를 토닥여 주었다.

"일말상초라고 하는데, 너는 일말도 안 되고 헤어지네."

"그냥 없던 사람이라고 생각하려고."

그래도 민지를 미워하고 싶지는 않았다. 민지의 인생에서 민지가 최선의 선택을 했기를 바라며 나도 민지를 지나쳤다. 어쩌면 오히려 잘되었다고도 생각했다. 지나간 일은 지나간 것이고 나는 다시 나의 일에 집중해야 했다. 이런 것에 나의 마음을 소모하기엔 하고 싶은 일이 너무 많았다. 민지와의 관계를 정리하고 나는 곧장 사지방으로 향했다. 금요일에는 사지방이 한적해서 글을 쓰는 데에 집중이 잘되었다. 그렇게 나는 그날도 조금씩 나의 글을 만들어 갔다. 그때만큼은 내가 이곳에 있는 것 같지 않았다. 어디로든지 날아갈 수 있었다. 한창 비행을 하던 중에 누군가 내 어깨를 두드렸다. 나는 본능적으로 '그렇습니다.'라고 말하였다. 내 어깨를 두드린 사람은 유대성 상병이었다.

"이게 네가 쓴다는 글이야?"

"예, 그렇습니다."

"나 한번 봐도 돼?"

"상관은 없는데, 아직 미완성이라 고쳐야 할 부분이 많습니다."

"괜찮아."

그는 예리한 눈으로 화면 속에 있는 내 글을 천천히 읽어보았다. 나는 그런 그의 모습을 지켜보았다. 누군가가 내 글을 읽어보고 싶다고 한 것은 처음이었다. 그래서 더 긴장되었다.

"재밌네. 다 쓰면 더 재밌겠다."

"감사합니다."

"완성되면 꼭 보여줘."

"알겠습니다."

그의 말은 오랫동안 내 마음속에 간직될 것이다. 그의 말이 진심인지 빈말인지는 알 수 없겠지만, 진심이면 어떻고 빈말이면 어떻겠는가. 내 글을 읽어주는 사람이 있는 것만으로도 내게는 특별한 하루였다.

주말을 머리맡에 둔 날이어서 그런지 세상 소식이 궁금했다. 그렇게 나는 인스타그램에 들어갔다. 그곳에 있는 사람들은 모두 행복해 보였다. 누구는 연인과 다정한 시간을 보내고 있었고, 누구는 교환학생으로 해외에 나가 있었다. 누구는 자기 계발에 몰두해 있었고, 누구는 친구들과 즐겁게 술을 마시고 있었다. 인스타그램에 깊이 들어갈수록 내가 이 세상과 떨어져 있다는 생각에서 빠져나오지 못하였다. 그래서 좋아요는 누르고 싶지 않았다. 사실 군대에 오고 2주에 한 번꼴로 이런 시간이 나를 찾아왔다. 나만 이곳에 갇혀버린 것만 같았다. 그래서 나는 인스타그램을 삭제했다가 잠시 후에 다시 설치했다. 나의 다짐은 30분짜리였다.

새벽에만 눈이 왔기에 제설은 아침에만 이루어졌다. 분명히 귀찮은 일이었지만, 하루에 한 번 제설을 하면 그날은 일기의 어조가 밝았다. 그래도 내 나름대로 주말 계획을 수정하는 건 번거로운 일이었다. 애초에 군대에서 완벽한 주말을 바라는 것이 욕심이었다. 선모에게서 전화가 왔다. 선모가 입대하고 내게 걸어온 첫 전화였다. 왠지 모르게 웃음이 절로 나왔다.

"어, 훈련병 생활은 할 만한가?"

"인호야, 나 김범준이랑 같은 생활관이야."

"인호 하이, 나 범준이야."

"둘 다 시작이 좋네."

"훈련할 만하지?"

"훈련소는 천국이야, 즐겨라."

"하, 나 엄마랑 전화해야 해서 다음에 또 전화할게."

지금 내 삶이 아무리 초라해 보일지라도, 누군가의 눈에는 그것이 희망처럼 보인다는 사실이 이상하게 위로가 되었다. 절대적인 행복이란 결국 허상에 불과한 건가. 행복한 척을 조금씩 지우려고 할 때 행정반에서 나를 부르는 방송이 울렸다.

"일병 강인호, 지금 즉시 행정반으로 오시기 바랍니다."

주말에다 개인 정비 시간에 방송을 하는 것은 특별한 일이기에 혹시 무슨 일이 일어난 건 아닐까 싶어 나는 평소보다 빠르게 달려 행정반에 도착했다. 이곳에서 불안은 언제나 선착순이었다.

방송의 주인공은 유대성 상병이었다. 그는 오늘 당직 부사관이 아님에도 행정반에 있었다.

"인호야, 너 오늘 우리 생활관에서 잘래?"

그의 제안은 내 상상의 테두리를 벗어났다.

"오늘 말입니까?"

"어차피 내일도 쉬니까 오늘 같이 밤 새우자. 유진이도 동의했어."

"근데 이거 걸리면 어떡합니까."

"야, 오늘 당직 도희영이야. 죽어도 안 걸려. 오는 걸로 알고 있을게."

사실 유대성 상병에게 붙잡혀 선임 생활관에 끌려간 적은 전에도 꽤 있었다. 그곳에서 안 좋은 일이 일어나는 것은 아니었지만, 부담스러운 것은 사실이었다. 하지만 나는 그의 제안을 거절할 수 없었다. 그렇게 나는 점호가 끝나고 도희영 중위가 밖으로 담배를 피우러 나가는 것을 확인한 후, 이불과 베개를 품에 안은 채 3생활관으로 향하였다. 성은이가 선임들이 있는지 없는지 망을 봐주었다.

"어 왔구만, 강인호 일병."

"그렇습니다."

"내 옆에 눕도록."

나는 그의 지시에 따랐다. 나는 눈만 뜨고 있는 시체처럼 몸을 움직이지 않았다.

"자, 오늘은 강인호 일병의 고민을 들어보도록 하겠습니다."

"솔직하게 말해도 됩니까?"

"당연하지."

"이제 제가 군대에 온 지 6개월 정도가 지났는데, 뭐라고 해야 하지, 여기에 가까워질수록 밖이랑 점점 멀어지는 것 같습니다. 사실 제주도 친구들은 오래 보기도 했고 해서 조금 떨어져 있어도 확신 같은 게 있는데, 특히 대학교 때 만난 사람들은 조금 어려운 것 같습니다. 전역하고 계속 볼지도 모르겠고 그렇다고 아예 안 보는 것도 좀 미안한 것 같고 그렇습니다."

옆에 있던 오유진 병장이 내 고민에 반응을 해주었다.

"음, 그렇단 말이지. 근데 그건 어쩔 수 없어. 나도 대학 친구 1명밖에 없어."

그 이후로 한참 동안 우리는 서로의 고민들을 어루만

져 주었다.

부대에서는 인성 교육 주간이 진행되었다. 일주일 동안 수업을 듣고 학습지를 기반으로 한 활동만 하면 되는 가벼운 주였다. 그리고 이 한 주만 넘기면 두 번째 휴가였기에 나의 기대감은 더욱 고조되어 갔다. 인성 교육 우수자에게는 포상이 주어지기에 그것도 염두에 두었다. 첫 수업은 인권을 주로 다루었다. 우리는 지금 인권이 제한되어 있는 상태라고 알려주었다. 국가의 특수성 때문이라고도 설명해 주었다. 과연 수업에서 언급한 인권들만 제한되어 있는지는 확실하게 답을 할 수 없었다. 하지만 나의 목적은 다른 곳에 있었기에 나는 연기를 하며 수업에 참여했다. 두 번째 수업은 성 관련 수업이었다. 남자들끼리 사는 곳에서도 성 문제는 얼마든지 일어날 수 있기에 나는 집중해서 수업을 들었다. 그러나 그렇게 특별한 내용이 있지는 않았다.

매 수업이 시작되기에 앞서 의자를 준비해야 했다. 그 담당은 당연히 나와 성은이었다. 이제는 이 상황이 전혀 어색하지 않았다. 간부와의 접촉이 많고 귀찮은 일을 할 수도 있는 맨 앞자리로 내 자리가 지정되어 있었다. 나는 앞자리에 거부감이 전혀 없기에 문제가 되지는 않았다. 오히려 인성 교육에 더 몰입할 수가 있었다. 학습지도 열심히 채워 나갔다. 그 모습을 지켜보던 유대성 상병은 나에게 군대의 이치를 알려주었다.

"인호야, 네가 아무리 열심히 해도 포상 못 받아."

"왜 그렇습니까?"

"결국에는 간부랑 친한 사람이 받게 되어 있어."

"허허, 그래도 어떡합니까. 이왕 한 거 끝까지 해야 하지 않겠습니까."

결국 그의 말이 맞았다. 나는 아무런 포상도 받지 못했다. 나는 내 노력이 부족해서 못 받은 것으로 생각하기로 했다. 그리고 인성 교육을 하면서 나름 얻어가는 것도 있어서 손해를 본 느낌은 아니었다. 게다가 내일은 두 번째 휴가가 시작되는 날이기에 거기에만 신경이 쏠렸다. 그토록 원하던 잠을 자고 나서, 나는 누군가의 후임도, 누군가의 동기도 아닌 나 자신으로 돌아가고 싶었다. 자그마치 100일의 공백이었다. 사회에 있을 때는 100일이라는 시간 동안에 많은 것이 바뀌기도 했는데 여기에서의 100일은 그렇지 않았다. 일기장을 펼쳐야만, 그날 내가 누구였는지 떠오를 만큼 내 기억 속에는 안개가 드리워져 있었다.

첫 휴가 때는 신기해하기 바빠 잘 즐기지 못했기에 이번 휴가가 더 소중하게 느껴졌다. 이번 휴가에는 목표도 있었다. 우선 휴가 때 나의 남은 군 생활을 어떻게 보낼지 진지하게 생각을 해보고 싶었다. 지금까지의 시간을 되돌아보며 앞으로 나아갈 준비를 할 필요가 있었다. 그리고 나와 아직 이어져 있다고 생각하는 사람들을 만나고 싶었다. 힘든 점도 분명히 있었기에 이에 대해 이야기하고 위로를 받고 싶었다.

한 달 전의 나처럼, 성은이는 나를 진심으로 부러워했다. 나는 그를 있는 힘껏 약 올리고 싶었다.

“갔다 올게, 형 없다고 울지 말고.”

“응, 오면 바로 혹한기야. 얼어 죽을 준비나 해.”

우연히도 김성진 상병과 같은 날에 휴가를 나가게 되어 우리는 같은 택시를 타고 역까지 이동했다. 김성진 상병은 나와 엄청 친하다고는 할 수 없었지만 내가 도움이 필요할 때마다 선뜻 손을 내밀어 준 고마운 사람이었다. 그래서 휴가의 시작부터 운이 나를 따라오는 것 같았다. 우리는 이런저런 이야기를 하며 피주역에 닿았다. 그는 택시비를 내주며 휴가 잘 다녀오라고 하였다. 나는 나중에 후임이 생기면 꼭 택시비를 내주는 선임이 되겠다고 다짐했다. 집으로 가기 위해서 김포 공항으로 가야 했지만 그 전에 꼭 가야 하는 곳이 있었다. 이 행복한 기분을 배로 만드는 곳인 맥도날드로 나는 향했다. 한입, 한입, 1분 1초를 나는 온전히 느끼고 싶었다. 그때는 그래도 되었다. 그리고 집으로 금방 날아갔다. 이제는 더 이상 초행길이 없었다.

집에 갈 때마다 집 주변이 조금씩 변해 있었다. 낙엽은 눈송이가 되어 있었고 우리 가족은 모두 1살을 더 먹었다. 나의 마음과는 다르게 밖에서의 시간은 하염없이 흘러가고 있었다. 집에 도착해서는 잠을 잤다. 늘 내 손목을 가려주던 손목시계도 풀어 제친 채 일어나고 싶을 때까지 잠을 잤다. 내가 가장 원했던 것이었다. 이곳에서는 불침번도, 야간 근무도, 기상나팔도 없었다. 그러고는 오랜만에 내 의자에 앉아 나의 지난 6개월을 되돌아갔다. 분명 많은 일이 있었는데 순식간에 지나온 것 같았다. 그에 비해 앞으로의 1년은 너무 멀었다. 그래도 허니자몽블랙티는 달았다.

제주에 있던 친구들이 모두 군대에 있어 밖에 나갈 일은 없었다. 서울에 있는 지인들에게 연락이나 할까 싶었지만 용기가 나지 않았다. 나의 전화번호부가 점점 얇아졌다. 서울에서는 동아리 선배를 만나기로 했었다. 처음 서울에 올라왔을 때부터 나를 잘 챙겨준 사람이었고 군대에 간 지금까지도 나를 궁금해하는 몇 안 되는 사람이었다. 그 사람들과의 만남은 꽤 오랜만이어서 설레기도 했다. 그래서 일부러 약속 시간을 못 기다리고 일찍 약속 장소에서 기다렸다. 약속 시간이 다 되자 문자가 한 통 와 있었다.

'승진이랑 민수랑 민경이도 오고 싶다는데 같이 볼까?'

솔직하게 말하자면 싫었다. 그들이 싫어서 그런 게 아니었다. 나는 더 이상 왁자지껄한 술자리에 어울리는 사람이 아니었다. 그저 마음이 맞는 사람들과 조용히 나의 시간들을 채우고 싶었다. 하지만 누군가의 호의에 그렇게 말하는 것은 불가능에 가까웠다. 오랜만에 보는 얼굴들이라 막상 자리에 앉으니 반갑기도 하였다. 그러나 거기까지였다. 나는 그들의 대화 속을 항해하듯 표류했다. 사회에서 부대로 돌아가고 싶다는 생각을 해본 것은 그때가 처음이었다. 유대성 상병이라면 지금 나의 기분을 들여다볼 수 있었을 텐데, 성은이와는 마음 깊은 곳에 있는 이야기까지 주고받을 수 있을 텐데, 그들이 사무치게 보고 싶었다. 결국 나는 피곤하다는 핑계로 그 자리에서

도망치듯 빠져나왔다. 휴가의 마지막 날이 이렇게 흘러갈 것이라고 전혀 기대하지 않았다. 숙소가 있는 종로로 향하는 1호선은 덜컹거리며 나를 달래주었다. 나처럼 기력을 다한 핸드폰에는 메시지 한 통이 와 있었다.

'인호야, 오늘 이야기하고 싶은 거 많았을 텐데 누나도 이렇게 될 줄 몰랐네. 내일 복귀 맞지? 너무 아쉽다. 잘 들어가고 다음에 휴가 나오면 그때 꼭 다시 보자.'

나라는 존재가 민폐 같았다. 군대에 있으면 사회에 있고 싶고, 사회에 있으면 군대 생각이 났다. 혼자 있으면 사람을 원하지만 정작 사람들과 있으면 혼자가 되고 싶었다. 나는 어디에도 어울리지 않은 채 이곳저곳을 서성거리는 이방인이었다. 유튜브로 밀렸던 영상들을 가득 채워 넣으며 마지막 밤을 잘 보내주었다. 어제까지만 해도 복귀를 하고 싶었는데 막상 부대에 도착하니 어제가 그리웠다. 나에게 다가올 내일은 그리 긍정적이지 않았다. 거기에는 혹한기 훈련이 가장 큰 비중을 차지하고 있었다.

부대에 몸을 들이는 순간 내가 있어야 할 곳에 돌아온 느낌이 들었다. 집에 있을 때보다 마음이 편안해졌다. 이제는 정말 이곳이 나의 집이었다. 억지로 만나게 된 사람들이 나를 더 반겨주었다. 나도 그들이 더 반가웠다. 내 마음이 넓어진 것인지 좁아진 것인지 가늠하기 어려웠다.

2024/02/06

이런 감정을 또 느끼게 될 줄 몰랐다. 그래서 너무 절망적이었다. 하지만 어쩔 수 없는 것 같다. 내가 새삼 변하고 있음을 알게 되었다. 나는 지금의 내가 더 좋다. 개인적인 사람이 되고 싶다. 그리고 나는 행복하게 살 것이다. 그게 가장 중요한 게 아닐까.

어제, 그리고 오늘 느꼈다. 이곳은 이미 나의 집이 되어버렸다. 그래서 부대에 복귀하고 심적으로는 오히려 더 안정된 것 같다. 이 점을 최대한 활용해 보고자 한다.

다음 휴가까지 아마 또 3개월이 걸릴 것이다. 우습게 볼 시간이 절대 아니다. 많이 읽고, 많이 생각하고 많이 쓰자. 그것만 생각하자.

원래대로라면 혹한기 훈련 대비 훈련을 진행했어야 했다. 훈련을 위한 훈련이라니 어딘가 어색하게 느껴졌다. 그래도 이해가 안 되지는 않았다. 혹한기 훈련 같은 큰 훈련은 실전이라고 봐도 무방했다. 하지만 일과 집합을 하기 위해 막사 앞에 모두 모였을 때 모두 이상함을 느꼈다. 장구류를 차라는 지시도 총기함 열쇠를 가져가라는 지시도 들리지 않았다. 훈련치고는 너무나 평화로웠다. 그렇게 다들 각자의 기대를 품고 있을 때 중대장님이 우리를 보고 오늘의 일정에 대해 공지하였다.

"자, 원래대로라면 오늘 작개 훈련하는 거였지? 중대장도 그런 줄 알았어. 그런데 방금 사단에서 전 장병 대상으로 심리 검사를 하라는 공문이 내려왔어. 이번 달에만 군단 내에서 7명이 자살을 했다. 사단장님이 이건 좀 심각하다고 생각하셔서 이런 결정 내리신 거니까 면담 진행할 거고 행정반에서 마음의 편지 한 장씩 가져가. 알았지?"

"예."

내 뒤에서는 생기 있는 대답이 들렸다. 훈련이 취소된 것은 분명히 기뻐할 만한 일이었다. 나도 이 점이 싫지는 않았다. 하지만 한 해 중 가장 희망을 가지는 때인 1월에만 7명이 자신의 선택으로 모든 것을 그만뒀다는 것이 충격적이었다. 그들은 어쩌다 그런 선택을 하게 된 걸까. 주변에 사람이 이렇게 많은데도 외로움을 느꼈을 그들이 안쓰러웠다. 그 심정이 어땠을지는 짐작조차 할 수 없었다. 이름도 얼굴도 몰랐지만 나는 그들의 명복을 진심으로 빌어주었다. 누군가의 전화번호부에 그들의 전화번호가 영원히 간직되길 기도했다.

마음의 편지는 익명을 보장해 주었다. 하지만 익명에만 기대는 것은 순진한 생각이었다. 사실 부대에 대한 불만이 딱히 없었다. 아직도 가끔 줄줄이 소시지를 당하고 잔류 인원을 부르면 부리나케 달려 나갔지만 그건 당연한 일이 되어 있었다. 박호영 상병에 대한 생각도 잠시나마 했지만 너무 위험한 도박이었다. 나의 펜은 종이 위를 방황하다 '없음.'이라는 글자만을 적고 제자리로 돌아갔다. 선임들은 바쁘게 무언가를 쓰고 있었다. 방송에서 내 이름이 불렸고 나는 행정반으로 걸어갔다.

"어, 인호 왔구나."

중대장님과 둘이 이야기하는 건 자대에 오고 처음이었다. 중대장님은 내가 첫 휴가를 나가 있을 때 이곳으로 오셨기 때문에 전입 신병 상담은 이전 중대장님과 했었다. 중대를 떠나기까지 한 달 채 남지 않은 사람은 나를 귀찮아했다. 당시에는 몰랐는데 이곳에서 생활하다 보니 그의 태도를 늦게나마 알게 되었다.

"전진."

중대장님은 나의 경례를 간단히 받았다. 내가 자리에

앉고 중대장님은 내 가슴팍에 있는 계급장을 살펴보았다.

“인호가 지금 몇 호봉이지?”

“저 지금 일병 5호봉입니다.”

“생각보다 짬이 좀 찼네? 그런데도 아직 막내야?”

“예, 그렇습니다.”

“보통 이런 걸 꼬인 군번이라고 하지.”

“그래도 선임들이 잘 챙겨줘서 괜찮은 것 같습니다.”

“그러면 나 신병 계속 안 받는다?”

중대장님의 마지막 말에 나는 알맞은 반응을 찾지 못했다. 중대장님은 나의 이런 반응을 즐기는 것 같았다.

“요새 힘든 거 있니?”

“힘든 건 없는데, 궁금한 게 있습니다.”

“뭔데?”

“이제 곧 불모지 작전이지 않습니까? 혹시 작전은 한 번 나가면 계속 나가야 하는 겁니까?”

“음, 사실 사람이 많으면 돌아가면서 작전을 나갈 수 있지. 그런데 너도 알다시피 중대에 작전 가용 인원이 그렇게 많지 않아. 나중에 신병들이 들어온다고 해도 바로 작전에 투입하기는 어렵고. 그래서 너는 아마 많이 나가야 할 거야. 휴가 많이 챙겨줄게.”

아직 일어나지 않은 일에 대해 걱정하고 싶지는 않았지만 나에게 다가올 일이 걱정되는 건 어쩔 수 없었다. 그중에서는 혹한기 훈련도 있었다.

"혹한기 훈련은 많이 힘듭니까?"

"힘들지. 안 힘든 훈련이 어디 있겠냐. 그래도 우리는 덜 추울 때 하잖아. 그게 어디야."

그렇게 면담이 끝났다. 크게 위로가 되거나 얻어가는 것은 없었지만 훈련 대신에 편한 날을 하루 추가했다는 것이야말로 가장 큰 수확이었다. 하지만 내일부터는 틀림없이 다시 훈련 준비였다. 우리 소대는 정수차를 이용한 급수장 설치가 임무였다.

우리 소대가 급수장 설치를 위한 장비들을 꺼내 오기 위해 훈련 물자 창고로 향할 때, 말년들은 전역 전 휴가를 나가기 위해 위병소로 향했다.

"너네들 정수차 물 마실 때, 나는 정수기에서 물 한 잔 마실게."

미랑의 웃음조차 안 나오는 말이었지만 내가 전역할 때 미래의 후임에게 그대로 전해줄 거라고 다짐했다. 약속은 점점 쌓여 손가락이 모자랄 지경이었다. 창고에서는 물탱크와 호스 그리고 갖가지 공구들을 들여다봤다.

어둡고 더럽고 낡아 있었다. 그것들 위에 쌓인 먼지 두께만큼 거부감이 들었다. 여기서 나오는 물을 사람이 마시는 건 학대에 가까워 보였다. '전쟁 나면 진짜 여기서 나오는 물 마셔야 하는 거야.'라는 소대장님의 말과 함께 우리는 그것들 위에 쌓인 먼지들을 없애고 구석구석 청소했다.

일명 빡빡이라고 불리는 솔은 당연히 내 담당이었다. 가장 많은 힘이 들고 허리에도 좋지 않은 자세를 요구하는 도구였다. 선임들은 물을 뿌리는 것이 고작이었다. 그 구도를 마음에 새기며, 내가 과연 선임이 되어도 저러지 않을 자신이 있는지 스스로에게 물어보았다. 자신 있게 대답할 수는 없었다. 그렇게 하루를 온전히 고무 위에서 밀고 당기기만을 반복하다 생활관으로 복귀했다. 생활관에는 처음 보는 얼굴이 있었다.

"누구세요."

"저 신병인데요."

2024/02/13

원래 계획되어 있던 훈련이 취소되었다. 이유는 군단 내 인명사고 때문이다. 마음이 아프다.

왜들 그렇게 다치고 아픈 걸까. 주변에 사람들이 이렇게나 많은데 어째서 우리는 외로움을 느끼는 걸까.

솔직히 남 일 같지가 않다. 어떤 상황이 오더라도 자존감을 지키는 게 정말 중요한 것 같다. 다행히도 그 방법에 대해서 조금씩 알아가고 있다. 어떻게 늘 모든 것이 좋겠는가. 좋으면 담아두고 나빴다면 털어내고 그렇게 하루하루를 보내주고 또 맞이하려고 노력 중이다. 그리고 신병이 왔다. 동기인 게 아쉽긴 하지만, 그래도 잘 해주려고 한다.

나도 이제 군 생활을 한 지 꽤 되었구나.

착한 아이 증후군

신병이 왔다. 입대를 한 지 205일 만에 드디어 신병이 왔다. 신병이 온 것은 분명 반가운 일이었지만 훈련 준비로 한창 정신이 없었기에 시기에 대한 아쉬움이 있었다. 그래도 잔류 인원을 더 이상 나가지 않아도 된다는 것에 감사했다. 앉지도 서지도 못한 어정쩡한 자세의 그를 보니 안쓰러웠다. 몇 개월 전의 내가 떠오르기도 했다.

"혹시 몇 월 군번이야?"

"저 12월 16일 입대입니다."

"아, 동기구나. 야수교 갔다 온 거야?"

"그렇습니다."

"동기니까 말 편하게 해도 돼."

2월 막바지에 동기가 들어올 줄은 예상하지 못했다. 차라리 후임이었으면 편하게 다가갔을 텐데, 끝에 걸친 동기여서 애매했다. 일단 나는 그에게 중요하다고 생각하는 것을 알려주었다. 선임들에게 인사를 하는 법, 대답하는 법, 하면 좋은 것들과 하지 않으면 좋을 것들에 대해서도 알려주었다. 도움이 필요하면 언제든지 찾아오라는 짧은 인사를 끝으로 나는 훈련 준비를 마저 하러 나갔다. 정수차를 설치하기 위해 위장막을 열심히 설치하고 있을 때 신병이 우리가 있는 곳으로 쭈뼛쭈뼛 걸어왔다. 내 맞선임인 김동은 상병이 그 모습을 흥미롭게 지켜보았다.

"야 인호야, 신병 이름 뭐냐?"

나는 그제야 아직 이름도 물어보지 않았다는 것을 알았다.

"모르겠습니다. 근데 담배는 피운답니다."

"동기야?"

"예, 12월 입내탑니다."

"입대가 5개월이나 빠른데 동기라니, 너도 참 좆같겠다."

"그래도 없는 것보다는 낫지 않겠습니까."

"수송에 안경은 과학인데. 잘하려나."

훈련 준비는 순조롭게 진행되었다. 신병도 다행히 크게 눈에 띄는 행동은 없었다. 나는 그의 명찰을 보고 그의 이름이 오주용이라는 것을 알게 되었다. 일과가 모두 끝나고 내가 생활관에서 시간을 보내고 있을 때였다.

"인호야, 너 혹시 담배 피워?"

"아니, 안 피는데."

"아 그래? 혹시 담배 피우려면 어떻게 해야 해?"

"가자."

오늘 전입 온 이등병을 홀로 흡연장에 보낼 수는 없었다. 나는 그를 데리고 흡연장으로 갔다.

"천천히 피워. 나 자판기 앞에 있을게."

자판기에서 주용이 음료수를 하나 뽑을까 잠시 고민했다. 잘 지내보자는 의미가 담긴 선물로 1,000원 정도는 아깝지 않았다. 하지만 앞서 나가는 것 같아 음료수를 하나만 뽑고 내 주머니에 쑤셔 넣었다. 그의 담뱃불이 점점 힘을 잃어갔고 나는 다시 흡연장으로 돌아가 그를 데리고 생활관으로 데려다 놓았다. 2시간 동안 이 짓을 3번이나 반복했다. 시간을 쓰레기통에 버리고 있다는 생각이 들기도 했지만, 오늘만큼은 담배를 마음껏 피우게 두고 싶었다.

청소 시간이 되었고 나와 성은이는 청소 분배를 어떻게 해야 좋을지 의논했다. 원래는 생활관 청소와 생활관 담당 청소 구역 이렇게 나뉘기 때문에 나와 성은이가 하나씩 담당하면 되었다. 하지만 이제는 셋이기에 나누어 떨어지지 않았다. 제일 쉬운 생활관 쓸고 닦기를 주용이가, 간단하지만 귀찮은 쓰레기통 비우기를 성은이가, 그리고 모두가 기피하는 청소 구역을 내가 맡는 것으로 제안했다. 일종의 투자라고 믿었기에 손해라고 생각하지는 않았다. 모두 동의했고 나는 열심히 체력 단련장의 아령들을 제자리에 돌려놓았다. 점호가 끝나고 선임들은 오주용을 데리고 담배를 피우러 나갔다. 그러자 생활관에는 다시 나와 성은이만 남았다.

"신병 어떤 것 같냐."

"우리, 좆된 것 같은데."

나는 그가 제발 부대에 잘 적응하기를 기도하며 잠에 들었다.

다음 날 주용이는 이불을 개지 않고 점호에 나갔다. 나는 그걸 기억하고 있다가 생활관에 돌아와서 그에게 수정을 요구했다. 개인적인 감정은 없었다.

"이불 정리 안 되면 혼날 수도 있어."

"이불 어떻게 개는데?"

"훈련소 때 안 배웠어?"

"나 신교대여서 그런 거 없었어."

그의 대답이 내 예상을 벗어나긴 했지만 큰 문제가 되지는 않았다. 이불 개는 법이야 알려주면 되는 것이기에 나는 그에게 이불을 개는 법을 알려주었다. 다행히 그는 곧잘 따라 했다. 주용이는 궁금한 게 많았다. 군 생활에 대한 욕심도 있어 보였다. 나는 그가 물어보는 것에 성심성의껏 대답을 해주려고 노력했다. 휴가를 많이 받는 법에 대해서도 설명해 주었다. 결국 중요한 것은 본인의 노력이기에 그 점을 강조했다.

"근데 이 주머니는 어디에 쓰는 거야?"

그가 방탄조끼에 달린 수류탄 주머니를 가리키며 물었다. 사실 수류탄을 지급받는 경우는 전시 상황을 제외하면 없었고 교보재 수류탄을 보게 되는 일조차 극히 드물었기에 보통 그곳에는 간식거리를 집어넣거나 사격을 대비해서 귀마개를 넣어뒀다. 그렇기에 나는 그에게 그 내용을 전달해 주었다.

"사격할 때 귀마개 보급받으면 거기다 넣으면 돼."

성은이는 '보급'이라는 단어가 거슬렸던 것 같다.

"귀마개가 어떻게 보급이야. 병신아."

평소라면 웃어넘길 수도 있는 상황이었지만 그때만큼은 '병신'이라는 단어가 거슬렸다.

"귀마개가 당연히 보급이지."

"귀마개가 어떻게 보급이냐고. 병신아."

솔직하게 구분이 잘되지 않았다. 말의 어형만 봤을 때는 장난 같았지만 성은이의 표정과 말투에는 진심이 담긴 것 같았다.

"너 보급이라는 뜻 몰라?"

군대에 와서 처음으로 감정적인 대응을 했다. 나도 내가 지금 감정적이라는 것을 알았지만 어떤 순간에는 이성을 잊어버리기도 한다.

"그니까 보급이 아닌 거지."

나는 대응하지 않고 생활관 문을 박차고 나갔다. 일단 진정이 필요했다. 본 적 없는 표정을 한 내 얼굴을 유대성 상병이 단번에 알아보았다. 나는 방금 고민이 생겼다며 그의 생활관으로 들어갔다. 그리고는 아까 있었던 일을 나열했다.

"네 말만 들었을 때는 성은이가 잘못하긴 했네. 근데

지금은 생각을 잘해야 해, 이젠 둘이 아니라 셋이야."

단둘이서 쌓아왔던 시간은 불청객 하나로 원점이 되어 있었다. 이전에도 성은이와의 다툼이 있었지만 이정도 규모로 감정을 드러낸 적은 없었다. 성은이와의 다툼이 있을 때마다 나는 늘 패자를 자처했다. 내 잘못이 있든 없든 나는 내 잘못을 찾아내서라도 인정하고 사과했다. 그게 마음이 편했다. 하지만 이번에는 상황이 달랐다. 시비를 건 것은 분명 성은이었다. 그리고 보는 이도 있었다. 그렇기에 전역할 때까지 불편할 것을 감수하더라도 이 점을 짚고 넘어가고 싶었다. 그 마음으로 생활관 문을 강하게 열고 닫았던 것이다. 그러나 유대성 상병과의 상담이 끝나자 모든 것이 제자리로 돌아오기 시작했다. 이렇게 흔들리는 내가 싫었지만 이 성질은 이미 나의 일부가 되어 있었다.

나는 한참을 망설이다 자판기에서 커피 한 캔을 뽑았다. 지갑이 주머니에 있던 게 다행이었다. 나는 그 커피를 한 손에 고이 모시고 조심스럽게 생활관으로 향했다. 무거운 전투화는 내 심정을 그대로 반영한 소리를 내고 있었다. 생활관 문을 열자 성은이는 침상에 등을 기대고 있었다. 나와 눈이 마주치자 눈썹이 미세하게 들렸다.

나는 말없이 커피를 내밀었다. 그는 그걸 받아주었고 나는 사과를 했다.

그날 불침번을 서면서 오늘 있었던 일에 대해 생각하는 시간을 가졌다. 충분히 느끼고 그것을 충분히 소화시켰다. 내가 감정적이었던 것은 사실이었고 그게 문제였다. 상황을 탓할 필요는 없었다. 핑계는 내 눈을 가릴 뿐이었다. 늘 같은 하루가 반복되는 줄만 알았던 내 군 생활에 변화가 생기고 있는 걸 느끼며 진한 하루를 희석시켰다.

2024/02/20

오늘 나에게 실망했다. 그렇게 감정조절이 안 되는 모습을 보이면 안 됐다. 더욱 내 감정을 통제할 수 있는 사람이 되어야 한다. 오늘 같은 날들이 쌓이면 안 된다. 훈련이 있어서 공부와 글쓰기에 집중하기가 쉽지 않은 것 같다. 만족스럽지 못한 날이 늘어나고 있다. 그런데 어떻게 모든 날이 좋을 수 있겠나 싶다. 이런 날이 있으면 저런 날도 있는 거지. 다만 이걸 어떻게 받아들이냐가 중요한 것 같다. 확실히 군 생활에 변화가 생기고 있다. 여기에 휩쓸리지 않고 나는 계속해서 나를 지켜야 한다. 그래도 고생했다. 내일 더 힘내자.

주용이는 자대에 적응할 틈도 없이 바로 혹한기 훈련을 받아야 했다. 신병 보호 기간이라는 것이 존재하긴 했으나 말 그대로 존재만 할 뿐 작용되지는 않았다. 겨울의 한가운데에서 벗어나 봄에 더 가까운 시기였기에 일교차를 고려하지 않을 수 없었다. 얇게 입으면 차가운 밤을, 두껍게 입으면 뜨거운 낮을 맞게 될 것이 분명했다. 나는 뜨거운 낮이 더 낫다는 결론에 도달했다. 겨울에 뜨거운 것은 호사에 가깝다는 것이 그 근거였다.

훈련은 이미 지겹도록 해봤지만, 익숙해지지 않는 게 문제였다. 짧은 시간 안에서도 수많은 변수가 끊임없이 발생했다. 전투 준비 태세를 거슬리는 곳 없이 마치며 쾌조의 출발을 알렸지만 해가 가장 높은 곳을 향하자 온몸에 온도감이 느껴졌다. 땀이 나기 시작했다. 전시 상황을 가정하여 탄약고에 있는 탄과 지뢰들을 차량에 싣고 다시 제자리에 돌려놓았다. 우리는 개미 떼가 되어 그것들을 나르고 또 나르기를 반복했다. 쇳덩이들은 그 무게로 존재감을 실감케 했다. 나의 몸은 이미 땀에 지배되어 있었다. 그때 누군가 무리에서 낙오했다. 그는 거친 숨을 몰아쉬며 언덕에 쓰러졌다. 나는 바쁜 눈을 잠시 그곳으로 돌렸다. 이번에도 성은이었다. 나는 곧바로 볼멘소리가 나올 것을 예상했다. 하지만 다들 고역의 노예가 되어 있었기에 말을 많이 하지는 못했다.

무리는 한참이 지나서야 개인으로 흩어졌다. 개인은 곧바로 소대를 이루어 작개 지역을 정찰하기 위해 두돈반이라 불리는 트럭의 등에 올라탔다. 찬 바람을 맞으니 땀은 금방 식었다. 땀이 사라지니 이제는 추위가 신경 쓰였다. 그리고 배고픔도 나를 공격해 오기 시작했다. 식사 시간까지는 3시간이나 남아 있었다. 그래 봤자 전투 식량이었지만 내게는 전투보다는 식량의 단어가 더 크게 다가왔다. 매서운 바람을 온몸으로 맞으며 전진한다는 것은 나의 몸에게 가혹한 짓이었다. 옷을 껴입고 핫팩을 주머니 구석구석에 넣어둬도 자연 앞에서는 결국 나약한 인간의 몸일 뿐이었다.

덜그럭거리는 트럭은 우리를 어딘가로 데려갔다. 전시, 임무, 폭파, 저지와 같은 말이 소대장님 입에서 쏟아져 나왔다. 주변은 온통 초록색이었다. 산과 산이 겹쳐진 능선 너머로 해가 지고 있었다. 온 세상이 검게 식어 가고 있었다. 우리도 그 틈에 섞여 하나의 그림자가 되었다. 지형정찰을 마친 우리는 중대 집결지로 이동했다.

텐트가 무수히 깔려 있었다. 나와 유대성 상병도 서둘

러 텐트를 설치했다. 그러고는 고대하던 식사 시간을 가졌다. 분명 설명서에 맞게 조리를 했지만 쌀알이 그대로 씹히는 것을 피할 수는 없었다. 맨 쌀과 양념의 조합은 근래 먹어본 음식 중 최악이었다. 그래도 남은 훈련을 위해서 남김없이 다 먹었다. 잠시 동안 정비를 거치고 소대는 다시 작개 지역으로 이동했다. 해는 이미 모습을 감추어 사방이 검은색이었다. 휴대용 손전등을 가져오기는 했지만 전시 상황을 가정한 훈련에서 나의 위치를 노출하는 빛은 사용할 수 없었다.

검은 밤이 더 새카매질 때까지 우리는 지뢰 살포 훈련을 하고 집결지로 복귀했다. 이동하는 길 중에는 시가지도 있었는데 이 시간까지 꺼지지 않는 불빛들이 있었다. 문득 1년 전쯤을 떠올려 봤다. 이젠 기억이 희미했다. 찬 몸을 이끌고 텐트에 돌아오고 장구류를 해제했다. 그것만으로도 살 것 같았다. 비록 잘 수 있는 시간이 4시간도 남아 있지 않았지만 유대성 상병과 이야기하는 것을 빼먹을 수는 없었다. 100일 정도만 지나면 그의 전역이었기에 이런 시간이 더 소중했다.

"인호야, 오늘 어땠냐."

"사실 몸이 힘든 건 이제 괜찮은데, 제가 여기서 뭘 하고 있나 싶습니다. 특히 곧 새 학기이니까 더 그런 것 같습니다. 주변 사람들은 다 새내기 배움터 가고 놀러 가고 있는데, 이런 생각 할 때마다 속 좁은 사람 되는 것 같고 어렵습니다."

"좆같았겠다. 그거 다 대학에서 가는 거지?"

"그렇습니다."

"나는 대학을 안 가서 그런 거 잘 몰라. 전역하고도 바로 일해야 하거든. 그래서 좀 부럽긴 해, 일하면 다 형 누나들이어서 또래끼리 어울리면서 추억 만들고 그럴 수 없으니까. 그래서 미친 소리 같겠지만 이럴 때는 군대가 좋아. 내가 언제 또래들끼리 이런 걸 해보겠어.

"저는 전역이 안 보입니다. 요즘 들어 더 느낍니다."

"금방 와. 이건 진짜야."

나의 바람을 하늘이 알아준 것인지 금방 해가 떴다. 우리의 텐트를 찾아온 정 중사님의 말은 나의 잠을 확 달아나게 만들었다.

"인호야, 작전 나가자."

그러기엔 6시가 겨우 넘은 시간이있다. 게다가 훈련 날이었다.

"지금 말입니까?"

"위에서 빨리 오래, 장비 챙기러 가야 하니까 빨리 나와."

머지않아 작전에 나갈 수도 있겠다고 생각은 하고 있었지만 이렇게 갑자기 내 첫 작전이 다가올 줄은 예상하지 못했다. 나는 어서 준비를 마치고 간부님이 계신 코란도 뒷자리에 탑승했다. 무려 히터도 나왔다. 부대에 도착하고 신속하게 장비들을 차에 실었다. 나와 같이 작전에 나가는 선임 둘은 오늘 탐지를 누가 할지에 대해 의논하고 있었다. 셋 중에 나를 포함한 둘이 작전 경험이 전무하였기에 오재영 상병이 오늘의 탐지병이었다. 검문을 단번에 통과한 코란도는 곧이어 작전지역에 도착했다. 처음 신는 지뢰화는 끈이 잘 조여지지 않아 고정하는 데 시간이 꽤 걸렸다. 그래도 혹시라는 게 있으니 장비를 대충 착용하지는 않았다. 탐지복은 보기만 해도 숨이 막혔다. 탐지복 안으로 들어간 오재영 상병의 몸이 배로 불어났다. 그는 우리의 맨 앞에서 뒤뚱뒤뚱 걸어갔다. 그의 앞에는 광활한 대지와 멀리 보이는 갈 수 없는 땅이 넓게 펼쳐졌다. 땅속에서 들리는 듯한 미세한 진동이, 모든 것이 진짜일지도 모른다는 생각을 품게 했다. 다행히 작전은 아무런 일도 일어나지 않고 종료되었다. 돌아가는 길에서 오재영 상병이 소감을 늘어 놓았다.

“뒤지는 줄 알았네. 겨울이라 그나마 다행이지 여름에는 진짜 뒤지겠네.”

여름에 탐지복 안으로 들어갈 사람은 아마 나였다. 그래서 그의 농담에 웃을 수 없었다. 작전은 체력 소모가 심하기에 휴식을 취해야 하는 것이 원칙이었지만 작전 인원이 모두 빠져버리면 훈련을 진행하는 데에 차질이 생기기에 우리는 곧바로 소대로 복귀해 남은 훈련을 마저 이어갔다. 그래도 고비였던 정수차 훈련을 작전으로 대신한 것만으로도 이득을 본 것 같았다. 그리고 오늘만 넘기면 훈련도 후반부였기에 희망적이었다. 세상은 다시 검은색이 되었고 우리는 더 검은 곳으로 출발했다. 나의 몸은 피로로 넘칠 지경이었다. 그 때문인지 훈련 성과가 저조했다. 훈련하면서도 우리가 지금 못하고 있다는 것을 확실히 느낄 수 있었다. 그래서 훈련을 하면서도 마음의 대비를 하고 있었다.

역시나 소대장님은 화를 냈다. 예상을 한 부분이었다 하지만 ‘씨발’이라는 단어는 내 마음 깊숙한 곳을 찌르는 듯했다. 군대를 온 것에 대한 후회와 이 모든 것에 대한 원망이 피처럼 흘렀다. 그러나 훈련이 끝난 뒤에 그가 뱉은 '고생했다.'라는 말에 나의 마음은 다시 원상태로 돌아갔다. 오늘 하루 동안만 해도 수없이 마음이 변하기를 반복했다. 하지만 늘 그렇듯이 결국에는 원래의 크기가 되었고 나는 눈을 감았다. 아직 잠에 들지도 못했는데 불침번이 나와 유대성 상병을 차례대로 깨웠다. 나는 벌떡 일어나 나갈 채비를 마치고 그와 교대하러 텐트 밖으로 나갔다. 곧이어 유대성 상병도 텐트 밖으로 나왔다. 그는 잠이 덜 깬 것 같았다.

어디인지도 모를 이곳에서 맞는 밤은 고요하고 평화로웠다. 하늘에는 몇 개의 별이 우릴 향해 빛을 내고 있었다. 북한에서도 나와 같은 누군가가 저 별을 보며 비슷한 생각을 하고 있을 것 같았다. 과연 북한에도 짬질이 있을까. 나의 호기심은 그 순간에도 별처럼 빛을 내고 있었다.

"뽀글이 먹을래?"

유대성 상병이 나의 주머니를 툭툭 건드리며 말했다. 나의 주머니에는 라면 두 봉지가 있었다. 그와 나만의 훈련 대비였다.

"지금 말입니까?"

"어차피 간부들도 다 자. 뒤에 주전자도 있으니까, 물만 데우면 돼."

걸리면 무조건 징계라는 사실을 알고 있었지만 그가 있으면 절대 걸리지 않을 것 같았다. 그리고 무엇보다도 몇 끼째 전투 식량만을 소화한 나의 몸이 강력하게 원하고 있었다. 군대에서 먹는 첫 뽀글이는 환상적이었다. 다행히 그동안은 아무런 일도 일어나지 않았다.

"글은 쓰고 있냐?"

"예, 근데 아직 보완하고 싶은 부분이 너무 많습니다."

"군 생활 하면서 공부도 하고 글도 쓰고 너도 힘들겠다."

"사실, 저도 이 점은 사회보다 군대가 더 나은 것 같습니다. 사회에 있을 때는 남들에게 휘둘리느라 제 자신에게 집중을 잘 못했는데, 그래도 여기서는 배워 나가는 것 같습니다."

"그러면, 나 전역할 때쯤이면 나오나?"

"아마 제가 전역할 때가 되어도 안 나올 겁니다. 그래도 안에서 뭐라도 해야 하지 않겠습니까."

"응원한다."

마침내 훈련의 마지막 날 아침이 밝았다. 실질적인 훈련은 이미 끝나 있었고 남은 것은 복귀 후 정비 정도 였다. 어느 때보다 밝은 아침이었다. 장구류의 무게는 그대로였지만 마음은 분명 무게를 덜었다. 그래도 풀어진 모습을 보이면 안 되었기에 행동을 할 때마다 신경을 써야 했다. 두돈반에서 세상 구경을 하며 부대로 복귀했다. 며칠 전과 달라진 것 하나 없는 풍경이었지만 내 눈은 다른 안경을 쓰고 있었다. 모든 것이 아름다워 보였다. 생활관에 복귀하자마자 침상이 내 등을 따뜻하게 안아주었다. 그때 주용이가 자신의 장구류를 계속 뒤적였다.

"인호야, 나 응처킷이 없어."

그의 말에 나는 다시 현실로 돌아왔다.

"잘 찾아봤어?"

"어. 두돈반 내릴 때까지는 확실히 있었는데 없어. 보급관님한테 말해야 하나."

"일단 이제 점심시간이니까 부대 한 바퀴 돌면서 잘 찾아봐, 내가 도와줄게."

안타깝게도 그의 응급처치키트는 찾을 수 없었다.

"어떡하지. 그냥 가만히 있을까."

"너 그러다가 나중에 진짜 큰일 나. 말씀드리고 같이 찾는 게 훨씬 나아."

"선임들이 지랄할 것 같은데."

"욕은 들으면 끝이지만, 징계는 평생 남아. 얼른 가서 말씀드려."

누군가의 욕설이 컨테이너의 얇은 벽을 뚫고 넘어왔다. 역시나 예상을 빗나가지 않았다. 전 중대가 동원해서 주용이의 응급처치키트를 찾으라는 명령이 떨어졌다. 찾을 때까지 휴식은 없다고 하였다. 주용이는 금방이라도 울음을 터뜨릴 것 같은 얼굴을 하고 있었다.

나는 막사 밖을 돌아다니며 응급처치키트를 찾았다. 찾는 사람에게 휴가를 줄 수도 있다는 소문이 퍼지자 한순간에 보물찾기로 변하였다. 당연하게도 자신의 현실에 불만을 표출하는 이들도 있었다. 충분히 이해할 수 있었다. 다만 그들은 그 불만을 나에게 쏟아붓는 것은 이해할 수 없었다. 내가 동기 관리를 똑바로 하지 않아서 이런 일이 생기는 거라고 했다. 나의 내성이 그들이 배설하는 말로부터 나를 지켜주었다. 보물찾기는 꽤 오랫동안 이어졌다. 포기하는 이들도 생겨났다. 똑같은 곳을 여러 번 살피어 봐도 달라지는 게 없었기에 나도 흔들렸다.

그렇게 나는 다른 누군가가 찾을 거라는 안일함에 젖은 채 막사 주위를 산책하다시피 맴돌았다. 그때 어디선가 응급처치키트를 찾았다는 소리가 들려왔다. 그래도 다행이라고 생각했다. 주용이는 내 군장에서 본인의 응급처치키트가 나왔다고 말했다. 가만히 듣고 있던 성은이가 그의 말을 교정해 주었다.

"군장에서 나온 게 아니라, 군장 보관함에서 나온 거라고 해야지. 너네 둘이 바로 옆이니까 아까 군장 옮길 때 빠진 거겠지."

성은이의 말에 나의 혼란이 단번에 연소되었지만 거뭇한 가루가 눈을 찌푸리게 만들었다.

"보통 이런 상황에는 고맙다고 말하는 게 먼저 아닌가?"

주용이가 자리를 비우고 둘만 남았을 때 내가 말했다.

"내가 말했잖아. 저 새끼 이상하다고."

주용이는 모든 생활관을 돌며 사과를 했다고 한다. 그 말을 듣지 못한 건 나와 성은이뿐이었다. 기분이 별로 좋지는 않았지만 전입 오자마자 훈련에다 오늘 일까지 겪은 주용이니까 그럴 수도 있다고 생각했다. 그보다도 훈련이 끝났으니 다시 내 궤도에 올라타는 것에 집중해야 했다. 불과 4일이었지만 세상에는 많은 일이 생겨 있었다. 계절이 바뀌었고 봄이 오고 있었다. 인스타그램에는 겨울 방학의 마지막 날을 장식하는 하루들로 가득했다. 나의 두 번째 휴학기도 따라왔다. 나만 제자리를 걷고 있었다.

불침번을 서면서 밀린 일기를 썼다. 많은 일이 있던 것은 분명했지만 상세한 기억을 불러오지는 못했다. 그래서 일기장에는 느낌으로 가득했다. 다만 확실한 건 내 인생의 최저점을 경험했다는 것이었다. 앞으로 어떤 인생을 살아가더라도 이 4일만큼 힘들지는 않을 것 같았다. 이런 훈련 때는 휴가보다도 일과를 갈망하게 된다. 당분간은 굳이 하지 않아도 될 고생을 피할 수 있었다. 그것만으로도 나는 세상에서 가장 행복한 사람이 되었다.

훈련이 끝났으니 정비를 해야 했다. 나는 다시 고무위에서 하루를 보내야 했다. 그래도 이번엔 주용이가 있었다. 다만 주용이는 운전병이었기에 곧바로 수송부로 출근했다. 그가 떠나자 사람들은 기다렸다는 듯이 주용이에 관한 이야기를 꺼내기 시작했다.

"저 새끼를 어떡하지 진짜."

1분대장인 홍승진 상병은 훈련 내내 주용이와 같이 다녔기에 그에 대한 불만이 누적된 것처럼 보였다.

"그래도 응처킷 잃어버리고 생활관 돌면서 사과하던데."

오늘로 입대 1주년이 된 김동은 상병이 한마디 거들었다.

"잃어버린 것 자체가 문제지. 소대장님은 숙영지까지 갔다 왔어. 그리고 씨발, 지가 잃어버렸으면 입 닥치고 찾기나 할 것이지. 자꾸 옆에서 그냥 징계받겠다고 지랄하니까 화가 나는 거지."

"그건 좀 석이 나가네."

"하여튼 간 전라도 새끼들이 문제야."

"걔도 전라도야?"

"심지어 광주야."

오전 일과가 끝나고 나는 생활관에서 TV를 보고 있었다. 일과를 시작하기 전에 음악을 듣는 것이 새로운 하루를 기다리는 이유 중 하나였다. 그러던 중에 생활관 문이 벌컥 열렸다. 차지웅 병장이 신병을 데리고 왔다.

"신병 받아라."

아침에 오늘 드디어 내 후임이 들어온다는 소식을 들었다. 나는 머릿속으로 내 첫 후임이 어떨지 계속 상상하였다. 어떤지 간에 좋은 선임이 되어주고 싶었다.

길쭉한 얼굴에 뾰족한 머리를 보며 나는 그가 파인애플 같다고 생각했다. 가슴팍에 붙어 있는 이등병 약장을 보고 나는 승리한 것 같았다.

“너 이름이 뭐야?”

“나 맹주승, 22살.”

분명 후임이라 들었는데 그는 나에게 아무렇지 않게 반말을 하고 있었다. 이번에도 특이한 친구가 왔구나 생각하던 찰나에 생활관 문이 다시 열렸다.

“인호야. 네 후임 1생활관에 있다. 짐 푸는 거 좀 도와줘라.”

그 말에 나는 주승이를 유기하고 1생활관으로 돌진했다. 1생활관에는 정말로 내 후임이 있었다. 키가 굉장히 컸고 멀끔한 인상이었다. 검은 안경이 지적임을 돋보이게 해주었다. 다행이었다. 몇 주 전과는 달리 안도감을 느꼈다. 많이 기다렸고 수없이 상상해 봤던 장면인데 막상 현실이 되니 이제껏 했던 수많은 다짐을 까먹었다.

“혹시, 너 이름이 어떻게 돼?”

“저 강선재라고 합니다, 22살입니다.”

“보직은?”

“통신병입니다.”

“아, 그럼 계원이구나. 나는 강인호라고 하고, 나도 22살이야.”

나는 그가 짐을 푸는 것을 도와주었다. 어색한 공기가 싫어서 이런저런 질문을 했지만 딱히 효과가 있지는 않았다. 나는 선재가 부담을 느낄 것 같아 아무 말 없이 그를 도와주다 생활관으로 복귀했다. 복도에서 마주친 선임들은 첫 후임이 생긴 것을 축하해 주었다.

"드디어 인호도 '수고하십니다.' 소리 듣겠네, 축하한다."

"솔직히 이 정도면 수고 많이 하지 않았습니까."

생활관이 계속해서 좁아져 갔다. 성은이와 단둘이 생활관을 점유했던 나로서는 이 공간을 4명이 쓰는 것을 받아들이기 쉽지 않았다. 그래도 이왕이면 이들과 잘 지내는 편을 선택하고 싶었다. 미래를 생각했을 때 이게 더 현명한 선택지였다. 그리고 무엇보다 박서진 같은 동기로 남고 싶지는 않았다.

보급관님은 나와 성은이가 신청한 평일 외출을 보고서 오주용과 맹주승을 같이 데리고 나갈 것을 지시했다. 나는 이 내용을 고스란히 전달했고 이들의 평일 외출 신청까지 도와주었다. 나는 이들의 무지를 당연한 것으로 생각했기에 말과 행동의 기준을 이들의 눈높이에 맞추었다.

며칠 전부터 세탁실 세면대가 말썽이었다. 물이 잘 가라앉지 않았다. 세탁실 청소는 주용의 몫이었기에 나는 그 사실만 인지했을 뿐 별다른 조치를 취하지는 않았다. 책임에서 면제되고 싶은 마음도 있었다. 그러나 세면대를 원활하게 사용할 수 없게 되자 선임들은 나에게 세면대를 뚫어줄 것을 요청했다. 귀찮은 일이었지만 주용과 주승으로는 해결이 안 되는 문제임을 알고 있었기에 나는 오랜만에 고무장갑 안으로 손을 숨겼다.

구멍 안에 손가락을 집어넣으니 걸리는 게 여럿 있었다. 대부분 머리카락이었다. 하지만 그것만으로는 완전한 해결을 이룰 수 없었다. 나는 멀찍이 떨어져 묘안을 떠올리려 했다. 세면대에 연결되어 있는 호스가 조립식인 것이 내 눈에 띄었다. 나는 곧바로 호스를 해제하려 허리를 숙여 세면대 안으로 들어갔다.

"그거 아닌 것 같은데."

주용이의 목소리였다. '그럼 네가 해라.'라는 말이 목구멍까지 올라왔지만 다시 삼키고 하던 일을 마저 이어갔다. 내가 작업을 하는 내내 나에 대한 그의 못 미더움이 내 뒤통수를 강타했다. 나는 차오르는 화를 겨우 붙잡고 나를 증명하겠다는 욕심에 휩싸였다. 그의 입을 다물게 하고 싶었다. 다행히 호스는 곧잘 빠졌고 아래 구멍에 샤워기로 물을 쏘아대자 이 사태의 주범들이 모습을 드러냈다. 나는 뒷정리까지 모두 마무리한 뒤 생활관으로 돌아갔다.

"역시 상병진은 다르네."

주승이의 말 덕분에 아까 저장했던 감정들이 수그러들었다. 그래도 그 흔적까지는 지울 수 없었다.

다음 날 아침, 주승이의 이부자리가 정돈되지 않아 있었다. 그의 무지일 수도 있기에 나는 섣불리 판단하지 않으려 했다. 주승이가 화장실에서 돌아오고 나는 그에게 물었다.

"주승아, 이불 개는 법 안 배웠어?"

"어, 잘 몰라."

"너도 신교대야?"

"어, 나 신교대야."

"그럼 주용이한테 알려줬으니까 걔한테 알려달라고 해."

그렇게 말하며 주용이의 이부자리를 보았다. 내가 세 번이나 알려준 것이 무색하게 그의 자리는 어질러져 있었다. 더 이상 무지의 문제가 아니라고 나는 판단했다. 그래서 주용이 생활관으로 돌아오자 나는 그에게 이불을 갤 것을 요구했다.

"이불 지금 개자."

"점호 끝나고 개면 안 돼?"

"이불 개고 점호 나가는 거야. 다들 그렇게 하고 있고."

"어차피 토요일이잖아."

"이러면 너만 힘들어지는 거야."

나는 생활관 문을 박차고 나갔다. 내가 그에게 무리한 요구를 하지는 않았다고 생각했다. 이곳의 규칙이고 그것이 좋든 싫든, 자신이 받아들이든, 받아들이지 못하든 따라야 하는 것이었다. 우리 모두 선택할 수 있는 입장이 아니었다. 어쨌든 군대이지 않은가. 나는 그의 적응을 도와주고 규칙을 알려주는 입장이었다. 그것이 의무는 아니기에 내가 해야 할 이유는 없지만 그를 도와주고 싶어서 자처했다.

상황이 나를 그렇게 만들기도 했다. 6개월 동기제인 이곳에서 7월 군번인 나와 성은이 다음이 12월 군번인 주용이었다. 이곳에서 5개월은 무시할 수 있는 차이가 아니다. 하지만 주용의 입장에서 나와 성은이를 제외하면 모두 선임이기에 그나마 친절하게 알려줄 사람이 나밖에 없었다. 하지만 그는 이 점을 모르는 것 같았다. 솔직히 나도 그가 달갑지 않았기에 성은이와 단둘이 살던 시절이 그리웠다. 하지만 그 시간은 이미 끝나 있었고 후임들은 계속해서 들어왔다.

동원훈련을 한창 진행할 때라 부대가 어수선했지만 신병이 들어오는 것은 빠질 수 없는 행사였다. 이번에는 2명이 동시에 전입을 왔다. 그 둘을 보니 나와 성은이가 전입을 오던 모습이 떠올랐다. 예비군들을 위해 생활관을 임시로 조정했기에 그 둘은 우리 생활관으로 배정받았다. 내 머리 길이도 충분히 짧았지만 그들의 머리에 비해서는 장발이었다.

"신병들 이름 뭐야?"

"저는 한재호입니다."

"저는 진의준입니다."

재호는 내성적이고 의준이는 외향적이었다. 이제는 그 사람의 몇 모습만으로 그들을 판단하는 나쁜 버릇이 들어 있었다. 둘 다 운전병이었다. 주용, 주승, 재호, 의준 이렇게 최근에 전입 온 신병이 모두 운전병이었다. 선재도 통신병이었기에 나와 직접적으로 마주칠 신병은 아직 없었다. 이 기이한 형태가 이후에 어떻게 작용할지는 어렵지 않게 예상할 수 있었다. 어쩌면 이미 조금씩 진행되고 있었을지도 모른다. 나는 전입을 오고 나서 가장 바쁜 나날들을 보내고 있었고 그로 인해 신병들과 이야기도 잘 하지 못한 채 이곳저곳에 불려 가야 했다.

동원훈련이 무사히 끝나고 생활관이 재편성되었다. 우리 생활관은 나, 성은, 주용, 주승, 지훈 이렇게 다섯이었다. 축구 보는 것을 좋아하는 지훈은 나보다 한 살 어렸는데, 대형 면허 시험에서 한 번 떨어져서 일주일 후에나 전입을 올 수 있었다고 한다. 그래서 전입 오자마자 후임이 무려 셋이었다. 차이지 차별은 아니라고 생각했다. 그날 주용이는 신병 위로 휴가에서 복귀했다. 커피를 양손에 들고 와서는 선임들에게 나누어 주었다.

3월의 생활관 대표병은 주용이었다. 원래는 성은이가 하기로 되어 있었으나 주용에게 배려를 해준 결과였다. 그러나 동원훈련에 휴가까지 나가버린 탓에 주용이 생활관 대표 역할을 한 것은 30일의 절반인 15일 정도였다. 그 나머지 기간에는 나와 성은이 그의 역할을 대신 해주었다. 그래서 그가 얼른 복귀하기를 기다리기도 했다.

3월을 3일 남짓 남기고 그는 생활관으로 복귀했다. 생활관 대표의 주된 업무는 점호시간에 인원 보고를 하는 것이다. 그것을 30일 정도 반복하면 휴가 하루를 얻을 수 있다. 점호가 시작되려 할 무렵, 그는 뒤돌아 나를 응시했다.

"인호야, 내일부터 네가 대신 보고해 주면 안 돼? 어차피 이제 4월인데."

그의 말에 나는 잠시 이성을 잃어버릴 뻔했다.

"아직 3월이야. 너 휴가도 받았잖아."

그러나 완전한 이성을 유지하지는 못하였다. 점호를 하는 내내 나는 그에 대한 감정으로 가득했다. 그 감정을 수치로 치환했더라면 임계치를 돌파했을 것이다. 한 번 짚고 넘어갈 필요가 있다는 결론에 도달하고 그날 나는 연등을 취소하고 일찍 자리에 누웠다. 생활관 동기들에게는 미리 양해를 구했다. 그들은 나를 이해해 주었고 생활관이 어두워지는 것을 기다렸다.

"주용아."

"응?"

"네가 생각했을 때, 네가 전입 와서 지금까지 군 생활을 어떻게 한 것 같아?"

"잘 못한 것 같아."

"구체적으로 어떤 점에서?"

"짬인지를 잘 못한 것 같아."

나는 그에게 그가 행한 모든 잘못들을 읊었다.

"내가 너에게 잘해주려고 하는 마음을 이용하지 마. 병신 취급 받으면서 군 생활하는 거 힘들어, 너도 선임들 몇 명 보면 알잖아."

"알겠어."

"잘해줄 때 잘하자."

말하는 내내 심장이 두근거렸다. 하지만 나를 위해 그리고 그를 위해 이 과정이 꼭 필요하다고 생각했다. 지금은 봉합할 수 있지만 이 시기를 놓치면 상처는 더욱 벌어져 우리를 병들게 할 것이었다. 그래도 최대한 이성을 의식하고 욕설을 하지 않았다는 것에 의의를 두었다. 그도 나의 마음을 이해했을 것이라 생각했다.

그러나 남을 이해한다는 것은 쉽게 이루어지지 않는다. 다음 날, 나는 어제와 별반 다르지 않게 일과를 진행했다. 일과가 끝나고 생활관에서 대기하는데 평소에 보지 못한 얼굴을 하고 성은이가 생활관으로 돌아왔다. 그는 나를 보자마자 그 이유에 대해서 말해주었다.

"오주용 그 새끼는 사람이 아닌데?"

"왜 또?"

"하루 종일 네가 짬질 한다고 선임들한테 네 욕만 하고 다녔어."

그의 말에 나는 군대에 온 이래로 처음으로 순수한 분노를 경험할 수 있었다. 그리고 그의 자리에 널브러진

이불을 보고 확신에 이르렀다. 나는 그가 생활관으로 돌아오기만을 기다렸다. 얼마 지나지 않아 그가 생활관에 돌아왔고 나는 차분히 준비해 두었던 말을 꺼냈다.

"주용아."

"응?"

"너는 내가 병신으로 보여?"

2024/03/24

화가 많이 났던 하루였다. 그래서 공부도 운동도 글쓰기도 내버려 둔 채, 화만 삭였다.

나에게 필요했던 것은 해소였을지도 모른다. 이 억눌린 감정을 한 번은 쏟아냈어야 했다. 어릴 때는 그저 착한 사람이 제일 좋다고 생각했는데, 한 살 한 살 나이를 먹을수록 그게 얼마나 어려운 일인지를 체감하고 있다.

확실한 건 '병신 연기'는 하고 싶지 않다는 것이다. 그건 이미 충분히 했다고 생각한다. 모든 사람이 나와 잘 맞을 순 없겠지만, 그렇다고 해서 내가 모든 사람에게 맞춰줄 이유도 없다고 생각한다.

이렇게 합리화를 하지만, 마음 한쪽이 답답한 것은 어쩔 수 없는 것 같다.

저울질

상병 진급을 하기까지 사격 하나만을 남겨두고 있었다. 무조건 12발을 맞추어야 했다. 진급 누락이 되면 놓쳐버리는 게 많았다. 특히 상병 월급을 두 달이나 못 받는 건 극심한 손해였다. 게다가 병장 진급 때에도 영향이 있기에 이번 사격이 더욱 중요했다. 한 발에 2만 원씩이었다. 내일은 지금까지의 군 생활에서 가장 중요한 날이 될 것이었다.

이에 대한 생각이 정리되자 또 다른 구겨진 생각이 튀어나왔다. 그 사건 이후로 주용이는 상징이 되었다. 추락에는 늘 가속이 붙었다. 이제는 내 도움이 아무런 소용이 없었다. 더 이상 나와 그 사이의 문제가 아니었다. 그와 그를 제외한 모든 이의 문제였다. 덕분에 다른 신병들은 수월하게 부대에 적응할 수 있었다.

그와 부딪히며 직접적인 스트레스를 받지 않아도 되는 것은 좋은 일이었다. 마음의 무게가 덜어진 것도 분명했다. 처음에는 그저 홀가분했다. 그러나 시간의 흐름과 동시에 그가 떨어진 곳의 깊이를 얼추 알게 되자 마음에 무게가 더해졌다. 그러나 그곳에는 이제 나의 손이 닿지 않았다.

은은히 퍼지는 불침번 등에 기대어 일기를 썼다. 나는 생각의 산물들을 조용히 옮겨 적은 뒤 다시 책갈피를 꽂았다. 얼마 지나지 않아 기상나팔이 울렸다. 나는 비장한 마음으로 결전의 날을 맞이했다. 군대에서 만난 많은 이들이 사격은 재능의 영역이라고 말했다. 잘 쏘는 놈은 끝까지 잘 쏘고, 못 쏘는 놈은 끝까지 못 쏘는 게 사격이라고 했다. 불행히도 나는 못 쏘는 놈이었다. 진급의 압박이 내 어깨를 짓눌러도 숫자는 쉽사리 오르지 않았다. 그래도 쏘다 보면 오를 거라는 확신에 실패를 반복했다. 그러나 그때만큼은 실패할 수 없었다. 나는 만반의 준비를 하고 사격대에 올랐다.

한 발, 한 발, 진심을 담아서 보내주었다. 사격이 끝나고 결과를 확인하니 나는 15발을 기록하였고 다행히 상병으로 진급했다. 동시에 유대성 병장의 뒤를 이어 2분대를 이끌게 되었다. 유대성 병장을 비롯한 선임들은 진심으로 나를 축하해 주었다.

"인호가 상병을 달다니, 그래도 시간이 흘렀구나."

"곧 따라잡겠습니다, 조금만 기다리십시오."

"군 생활은 원래 상병부터 시작인 거야. 이 짬찌야."

나는 이곳에 처음 오고 내가 우러러보던 선임들의 짬이 되어 있었다. 선임들에게 혼날 걱정을 하는 것은 자연스럽게 내 안에서 떠나갔다. 그리고 다른 걱정들이 생겨났다. 날씨가 따뜻해지고 얼어 있던 땅이 녹자 불모지 작전이 시작되었다. 작전지역에 약속한 시간까지 도착하기 위해서는 평소 일과보다 일찍부터 여러 가지를 준비해야 했다. 중요한 장비를 점검하고 차량에다 실어 두고 개인적으로 준비할 것들을 모두 마치면 우리는 일터로 출발했다.

두돈반의 등에 얹어 탄 채로 파주 시내를 구경할 수 있는 것은 작전의 매력적인 점 중 하나였다. 시내가 사라지고 경계가 삼엄한 그곳이 나타나면 나는 행복을 잠시 멈춰 세웠다. 나는 작전 경험이 부족하였기에 그날은 탐지병을 보조하는 역할을 맡았다. 하지만 언제까지나 배려를 받을 수 없었기에 탐지병의 역할도 미리 배워 놓아야 했다. 탐지기가 울릴 때마다 심장이 덜컹거렸다. 다행히 모두 철사 따위들이었다. 나의 불안을 눈치챈 정 중사님은 특유의 익살스러움으로 나를 안심시켜 주셨다.

"지뢰 쉽게 안 나와 인마. 걱정 말고 장비나 잘 챙기고 있어."

그의 말대로 지뢰는 나오지 않았지만 탐지기가 울릴 때마다 숨이 멎는 느낌이었다. 작전이 끝나면 모두 녹초가 되었다. 특히 탐지병은 온몸이 살려달라는 듯이 눈물을 흘리고 있었다. 나는 그 눈물을 닦아주고 싶었으나 남의 몸을 걱정할 처지가 아니었다. 두돈반은 왔던 길을 그대로 돌아갔다. 집으로 가는 길은 웃음으로 가득했다. 특히 중간에 위치한 고등학교를 지날 때, 학생들이 멀리서 우리를 반겨주어서 우리는 더욱 신바람을 탔다. 오늘의 탐지병이었던 최영호 상병은 어느새 되살아나 그들의 환영을 품격 있게 받아주었다.

"응, 너네 미래야. 제발 공병 걸려서 나 대신 빵이 쳐줘."

나는 전투용 안경 뒤에 숨은 눈으로 그들을 바라봤다.

그들의 천진난만함에는 때 묻지 않은 순수함이 서려 있었다. 불과 몇 년 전의 나와 크게 다르지 않은 모습이었다. 나는 이들이 입은 교복에서 내 과거를 보았고 그들은 내가 입은 전투복에서 자신의 미래를 보았을 수도 있겠다.

고된 일과를 끝내고 나는 진짜 내 하루를 시작했다. 오늘 하루도 해냈다는 성취감과 함께 눈꺼풀은 무거워졌다. 연등은 나를 지탱하는 버팀목이었지만, 그날만큼은, 그조차도 나를 놓아주었다. 이런 시간들을 버텨야 한층 더 날아오를 수 있다는 것을 알았지만 그때만큼은 그냥 자고 싶었다. 내일의 일은 내일의 나에게 모두 맡기고 아무런 걱정 없는 잠을 자고 싶었다.

눈을 감았을 때의 마음과 눈을 떴을 때의 마음은 좀처럼 좁혀지지 않았다. 어제와 달라지지 않은 것은 내가 오늘도 작전에 나가야 한다는 사실이었다. 그리고 오늘은 처음으로 탐지기를 잡아야 했다. 그럴 일이 없을 거라고 나를 달래 보아도 가슴 한편에는 늘 불안이 나를 집어삼킬 준비를 하고 있었다. 선크림, 안면 마스크 그리고 신분증을 주머니에 넣고 나는 내가 있어야 할 곳으로 출발했다.

파주 시내를 여행하고 있을 때 최영호 상병이 내게 물었다.

"근데 조성은은 왜 작전 안 나오냐?"

"간부님들이 불안하답니다. 가서 지뢰라도 밟으면 큰일 난다고 명단에서 뺐습니다."

내 대답이 내 얼굴을 가린 안면 마스크를 뚫고 그에게 닿았다.

"여기는 씨발 늘 폐급 새끼들이 대우를 받아. 정상인 게 죄지."

"조성은이가 현역인데 공익 면제 새끼들은 얼마나 장애인인 거냐?"

내 옆에 앉은 오재영 상병이 거들었다. 그 말들을 나는 그저 바람에 흘려보냈다. 나는 지뢰화 끈을 평소보다 세게 조였다. 선임 둘의 도움을 받아 탐지복을 입었다. 특수 헬멧까지 착용하니 내 세상이 흐릿하게 보였다. 탐지기까지 손에 쥐니 내가 어디로 가는지 그제야 실감이 났다. 아무도 모르는 그곳으로 아무것도 모르는 내가 걸어갔다. 내 신경세포들은 어느 때보다 본인의 일을 열심히 하고 있었다.

탐지기가 닿는 곳마다 진동이 울렸다. 나는 침을 꿀꺽

삼켰다. 나는 그곳을 표시하기 위해 주머니에 쌓아둔 깃발을 향해 손을 집어넣었다. 파란색 깃발을 그곳에 꽂으려 하자 정 중사님이 나를 말렸다.

"여기 주변 다 울려?"

"예, 그렇습니다."

"그럼 철조망이니까 그냥 밟아도 돼."

"진짜 그래도 됩니까?"

"울리는 거 일일이 다 파면 우리 오늘 안에 집 못 가."

그는 웃었지만, 나는 웃을 수 없었다. 내가 밟고 있는 땅은 여전히 낯설고 무서웠다. 탐지기는 땅에 닿는 족족 울어 댔다. 이 속도로 오늘 해야 할 구역을 전부 탐지하려면 날을 꼬박 새워도 모자라 보였다. 그래도 이곳에서 그냥 밟고 지나간다는 것은 분명 섬뜩한 일이었다.

미지에 대한 고통은 다른 형태로 금방 대체되었다. 살면서 처음 느껴보는 더위였다. 살면서 처음 느껴보는 무게였다. 이 2가지가 결합되자 한 걸음 내딛기가 어려웠다. 어려운 걸음을 내딛어도 나는 곧바로 다음 걸음을 준비해야 했다. 고르지 못한 지형 탓에 나는 넘어지고 일어나고 구르기를 반복했다. 그래도 탐지기를 놓치지는 않았다.

오전 작전이 끝나고 나는 땀에 젖은 채 땅만 바라보았다. 땅에는 개미가 기어가고 있었다. 개미는 이곳이 무슨 땅인지도 모르고 자유롭게 기어가고 있었다. 잠깐의 휴식을 마치고 나는 다시 철창 속으로 기어들어 갔다. 이번에는 경사진 언덕을 내려가며 탐지해야 했다. 한숨 쉬는 시간이라도 아껴 1초라도 빨리 이곳을 떠나고 싶었기에 나는 미친 듯이 탐지기를 휘둘렀다. 내 팔은 과감해졌고, 내 발은 대범해졌다.

꽤 많은 걸음을 남겼다고 생각했는데 나는 언덕의 중턱에조차 닿지 못했다. 시계를 보니 작전이 끝나고도 남아야 하는 시간이었다. 나와 같이 평일 외출을 나가기로 한 주승이와 선재는 이미 준비를 마치고 있었을 시간이었다. 그런데 나는 외출은커녕 이곳에서조차 빠져나오지 못했다. 아직 해치워야 할 땅들이 너무나도 많이 남아 있었다. 내 뒤에 있는 이들은 나 때문에 집에 가지도 못하고 있었다. 오로지 나 때문이었다. 그때만큼은 내 무능력함을 혐오했다. 눈을 감고 하늘을 걷고 싶었다. 그러면 이 모든 게 끝이었다.

하지만 내가 할 수 있는 건 내 일을 끝내는 것뿐이었다. 나는 다시 마음을 다잡고 탐지기를 좌우로 휘둘렀다. 얼마 가지 않아 작전은 끝났다. 간부님은 이만하면 되었다고 하셨다. 탐지복을 벗자마자 나는 주위에 있는 모든 사람에게 사과했다. 내 마음을 편하게 하기 위해서가 아니었다. 나의 무능력으로 인한 피해에 대한 최소한의 양심이었다.

선임들은 괜찮다고 내 등을 토닥여 주었다. 나만은 나를 쉽게 용서할 수 없었다. 그 순간만큼은 시간이 어떻게 흐르는지도 몰랐다. 막사로 돌아오자마자 나는 외출증을 챙기러 생활관에 들렀다. 생활관에는 성은이가 누워서 잠을 자고 있었다. 그의 몸은 말끔했다. 흙으로 얼룩진 내 몸과는 달랐다. 어서 외출을 나가야 했기에 외출증을 들고 생활관 문을 닫았다.

평일 외출을 나가서도 사회의 풍경이 눈에 들어오지 않았다. 나는 심장이 텅 빈 사람처럼 그 일대를 걸어갔다. 내가 늦은 이유에 대해 들은 주승이와 선재는 나를 위로해 주었다.

"그럴 수도 있는 거지."

위로를 받고 싶어서 한 말은 아니었지만 위로가 되었다.

"작전이 쉬운 일은 아니지 않습니까. 치킨 먹고 힘내십쇼."

이들을 알게 된 지 그리 긴 시간이 되지는 않았지만, 나는 그들이 나를 진정으로 이해하고 위로해 주고 있음을 느꼈다. 이제껏 군 생활을 혼자서 하고 있다고만 생각했는데, 처음으로 누군가와 함께 있다고 생각했다. 그날은 일기가 단순히 글자들의 연속 같아 보이지가 않았다. 9개월간의 기록을 천천히 살펴본 나는 이것들이 나를 지켜주고 있음을 알았다.

고되었던 평일을 보상하기 위해 나는 극단적인 주말을 선택했다. 최소한의 할 일만 하고 아무것도 하지 않는 것이 목표였다. 그러기 위해 나는 금요일 저녁부터 주말에 볼 영화나 드라마를 들뜬 마음으로 골랐다. 선물을 기다리는 마음으로 눈을 감았다.

하지만 주말이 시작되고 3시간도 채 지나지 않아 나는 권태로움을 느꼈다. 가만히 있다고만 해서 그게 휴식인 것은 아니었다. 나는 며칠 전을 생각하며 내가 이 순간을 얼마나 간절히 바라왔는지를 되새겼다. 하지만 불과 며칠 전의 기억은 느낌으로만 남고 나머지는 전부 휘발되었다. 권태로움과 위태로움 사이를 방황하다가 짧은 주말은 끝났다.

주승, 주용, 지훈은 옆 중대가 참여하는 큰 훈련에 필요한 운전병이 부족하다는 이유로 3중대 컨테이너로 넘어갔다. 생활관에는 다시 나와 성은이만 남겨졌다. 이 변화가 나는 싫지 않았다. 그리운 과거로 돌아갈 수 있는 기회를 얻은 것 같았다. 하지만 잠시 동안의 기쁨만이 나를 스쳐 지나갔을 뿐인데, 주용과 지훈은 다시 1중대로 복귀했다. 운전 기량이 부족하다는 것이 이유였다. 주승이와 떨어지는 것이 아쉽긴 했으나 혼자만 3중대의 인정을 받은 것은 그에게 분명 좋은 일이었다. 그래도 우리는 오며 가며 서로의 근황을 물어보는 걸로 아쉬움을 해소할 수 있었다. 그는 나의 야위어 가는 몸을 걱정했다.

나는 그에게 3중대에서의 생활은 어떤지 물었다. 진짜 궁금해서이기보다는 대화 형식에 기반한 것이었다.

그의 대답은 충격적이었다.

"3중대 새끼들, 장난 아니야."

"왜, 때리기라도 해?"

"단순히 때리기만 하는 게 아니야. 나처럼 외부 사람이 오면 눈치라도 볼 법한데, 그런 게 전혀 없어."

나랑 같이 이곳에 전입을 온 동기들 중에서도 3중대로 간 인원들이 꽤 있었다. 그들은 내게 3중대 생활이 힘들다고만 했지 자세한 이야기는 한 적 없었다. 그래서 이번에는 자세히 알고 싶었다. 주승이는 아주 상세히 자신이 본 것을 내게 말해주었다.

"훈련 때문에 생활관 편성을 소대별로 바꾸었어. 이게 말이 안 되는 게, 어제 전입 온 신병이 상병 3,4호봉 애들이랑 계속 붙어 있어야 하는 거야. 이 새끼들은, 이걸 사랑의 매라고 불러. 후임한테 종이를 뽑게 해, 그 종이에는 숫자와 자세가 적혀 있어. 그걸 뽑으면 그 종이에 적힌 대로 맞는 거야. 심지어 맞을 때는 무조건 '감사합니다.', '사랑합니다.'라고 말해야 해."

"간부들은 가만히 있어?"

"간부들도 알지, 근데 간부들은 어제 전입 온 애들보다 같이 지내던 애들한테 마음이 더 가는 거야. 얘네들이 일도 더 잘하고 더 심하게 당해왔으니까."

"참 어렵다."

그들을 향한 연민은 그와의 대화가 끝나자 잦아들었다. 이곳에서 나의 역할은 일부를 담당하는 것뿐이었고 누군가의 고통에 오래 머물기엔 내 몫도 버거웠다. 나는 다시 글을 쓰고 일본어 공부를 했다. 그 시간은 누구에게도 방해를 받지 않아야 했다. 사지방에서 나오자 유대성 병장이 보였다. 그는 나를 보고 마치 친한 친구를 만난 것처럼 밝게 웃었다.

"인호야, 오늘 오랜만에 우리 생활관에서 잘까?"

"오늘 말입니까?"

"얼마 안 남은 이 선임의 마지막 부탁이다."

그 말을 내가 어떻게 거절할 수 있겠는가. 나는 오랜만에 베개와 이불을 들고 그의 생활관으로 향했다. 그들은 여전히 나를 반겨주었지만 그 반가움이 오히려 낯설었다. 이곳에 처음 왔을 때와는 분명 많은 것이 달라져 있었다.

"생활관 분위기가 조금 달라진 것 같습니다."

"우리 이제 말년이라 우울해."

"말년인데 왜 우울합니까?"

"우리 이제 볼 날이 얼마 안 남았잖아."

나는 다시 새하얗던 그 겨울로 돌아가고 있었다.

"인호 요즘은 군 생활 어떠냐?"

"솔직하게 말하자면, 육체적으로는 입대하고 가장 힘듭니다. 일병 때는 선임들한테 혼날까 봐 무서웠습니다. 그리고 사실 그것 말고는 크게 힘들다고 생각한 게 없습니다. 그때는 도움을 받을 수 있지 않습니까. 근데 이제는 제가 도움을 줘야 하지 않습니까. 작전도, 위병소도, 훈련도 이제는 선임이지 않습니까."

"맞지. 원래 상병 초가 제일 힘들어. 하는 게 제일 많아. 군 생활 다 한 것 같은데 보면 이제야 절반이야. 이제부터는 버티기야. 그래도 상병이 시간은 제일 빨리 가."

내가 그를 처음 봤을 때처럼 누군가는 나를 그렇게 올려다보고 있었다. 매일 나와 그는 가까워지면서도 멀어지고 있었다. 그가 전역을 해야 나의 전역이 다가오는 것이었지만, 나는 그의 전역이 다가오지 않았으면 좋겠다고 생각했다. 그러나 나의 소망과는 별개로 시간은 언제나 약속을 지킨다. 나의 세 번째 휴가가 나를 기다리고 있었다.

이제는 휴가에 욕심이 없었다. 무언가를 채워야 한다는 강박으로 전의 휴가를 보냈다면 이번에는 시간을 비우는 용도일 뿐이었다. 다른 욕심은 없었다. 이제는 전역이란 것을 하고 싶었다.

불침번을 어떤 선임과 같이 서게 된다 하더라도 나는 어떠한 떨림과 설렘을 느끼지 않았다. 이제는 그들의 계급장이 아닌 이름을 보고 판단할 뿐이었다. 그래도 김형범 상병과 불침번을 서는 것은 좋은 일이라고 생각했다.

그와는 언젠가 깊은 대화를 나누고 싶었다. 이제는 그래도 되는 때였다.

그도 나만큼 바쁜 시기를 보내고 있었다. 그는 취사 지원이라는 것을 시작해서 매일 취사병들을 도와주러 우리보다 일찍 일과를 시작하고 늦게 생활관에 돌아와야 했다. 휴가는 보장되었지만, 나는 이익보다 손해가 크다고 판단해서 지원하지 않았다. 그는 역시나 불침번의 임무를 세세히 기억하고 있었다. 그의 할 일이 끝나자 내 할 일이 시작되었다.

"김형범 상병님, 요즘 얼굴 보기가 힘듭니다."

"그러게, 나도 너랑 이렇게 얘기하는 게 오랜만이네."

"취사 지원 할 만합니까?"

"시간 녹이려고 하는 거지, 이것만 하면 진짜 말년이니까."

"진짜 저 빼고 다 시간이 빠른 것 같습니다."

"나도 네가 지금 이 짬이란 게 믿기지가 않아."

그와의 대화는 언제나처럼 소중했다. 나는 그의 말을 담아가고 싶었다.

"인호야 너 휴가 언제냐?"

"저 사실 내일 나갑니다."

"아 진짜? 저번 휴가는 어땠어? 좆같은 거 없었어?"

"솔직히 말씀드리자면, 막상 나가면 힘든 일이 생깁니다."

"맞지."

"저번에는 차라리 부대로 복귀하고 싶었습니다."

"나도 저번에는 진짜 좆같았어. 여기서도 충분히 좆같은데, 밖에서도 그러면 나는 어떡해야 하는 거냐."

그의 사연은 꽤나 충격적이었다. 내가 그였다면 버티지 못했을 것이었다. 그런데도 그의 표정에는 일말의 일그러짐이 보이지 않았다. 내가 삭이는 사람이었다면, 그는 버티는 사람이었다. 모두가 저마다의 일기를 쓰고 있었다.

내가 휴가를 나갈 때 후임들은 첫 외출에 나섰다. 나는 조금 돌아가더라도 그들과 같은 택시를 타고 싶었다. 처음 가보는 길에 도전했기에 그때만큼은 정말 여행을 떠나는 기분이었다. 그러나 변수는 어디에나 존재했다.

나는 조수석에 후임들은 뒷자석에 앉아 파주시를 가로지르고 있었다. 택시 기사는 내 계급장을 유심히 쳐다봤다.

"상병이네?"

"예, 이제 막 절반 했습니다."

"휴가 나가냐?"

"예, 저는 휴가 나가고 후임들은 외출입니다."

"요즘도 때리냐?"

"저는 안 때립니다."

"요즘 월급 많이 받는다며?"

"예전에 비해서는 많이 올랐습니다."

"나라면 말뚝 박는다. 너 어차피 나가서 할 것도 없잖아."

"할 거 많습니다."

대화가 한창일 때 우리는 목적지에 도착했다. 나는 계산을 하고 택시에서 내렸다. 의준이가 내게 물었다.

"강인호 상병님, 참으신 겁니까? 저라면 한마디 했습니다."

"얼마나 기다린 휴가인데, 고작 저 사람 때문에 망칠 수는 없지."

나는 후임들에게 외출 잘 갔다 오라고 인사를 한 후에 지하철역으로 향했다. 그곳에는 역시나 군인들로 가득했다. 일병 계급장을 단 군인들도 이제는 여럿 보였다. 나는 그들을 보며 안쓰러움과 안도감을 동시에 느꼈다. 김포 공항에 가까워지자 군복을 입은 것은 나뿐이었다. 이제는 이 길에 너무나도 익숙해져 있었다.

그래도 비행기가 날아오르기를 기다리는 것은 설레었다. 운이 좋게도 이번에는 날개를 가진 자리에 앉았다. 비행기가 날아오르고 나는 잠시 새가 되었다. 둥지로 향하는 동안, 나는 그동안 썼던 나의 일기를 읽어보았다. 절반이 지났다는 것이 믿기지 않았다. 절반밖에 지나지 않았다는 것도 믿기지 않았다.

구름 사이를 비행할 때 나는 한동안 간절히 원했던 것을 떠올릴 수 있었다. 생활관에 있는 창문은 완전히 열리지 않는다. 나는 그 창문을 가로막는 철창들을 한동안 바라보다 잠에 들고는 했다. 그 조그마한 틈을 자유롭게 넘나들 수 있는 작은 새가 되고 싶었다. 기상나팔이 울리기 전까지 이곳에 돌아올 수 있는 그런 작은 새. 그러면 이 모든 것을 생각하지 않아도 될 텐데.

그러는 동안 내 발은 다시 땅에 닿았다. 나는 법을 까먹은 나는 택시를 타고 집으로 향했다. 집에 올 때마다 늘 달라진 게 있었다. 이번에는 비밀번호였다. 나의 길었던 3개월간의 공백은 가족들에게 그저 지나가는 3개월이었다. 이제는 이 세상의 법칙에 순응할 수밖에 없었다. 이제는 휴가가 끝나가는 게 마냥 싫지 않았다.

서울에는 들르지 않게 되었다. 나를 위한, 그들을 위

한 선택인 것으로 나와 타협했다. 아쉬운 마음이 들 법도 했지만 오히려 가벼웠다. 그제야 나는 그 감정이 내 욕심이었단 걸 알았다. 그 욕심이 나를 갉아먹고 있었다. 다음 휴가 때까지 해야 할 일들을 생각하며 나는 다시 내 자리로 돌아왔다. 이동하는 데 있었던 피로는 내 자리에 눕자 마법처럼 사라졌다.

그 사이에 후임은 늘어나 있었다. 원래라면 큰 관심 없었지만, 이번에는 내 분대에도 후임이 들어왔다. 내가 분대장으로서 받는 첫 후임이었다. 나는 주머니에 손을 꽂아 넣고 후임 생활관 문을 열었다. 반년 전의 유대성과 똑같은 모습이었다. 내가 들어서자 후임들은 하던 행동을 전부 멈추고 잔뜩 긴장을 하기 시작했다. 격세지감이라는 말이 떠올랐다.

"얘들아 안녕?"

"그렇습니다."

"2소대 2분대가 누구니?"

"이병 류지호, 제가 2소대 2분대입니다."

"반가워. 내가 네 분대장이야."

분대장이 되면 꼭 하고 싶었던 것이었다. 그리고 그와 평일 외출까지 나가는 것이 내 계획이었다. 지호와 날짜를 잡고 나는 다시 생활관으로 복귀했다. 검은 생활관은 소리와 경험만으로 내 자리를 찾아가야 했다. 나는 기억을 더듬으며 내 자리로 향했다. 주용이의 코 고는 소리가 생활관을 날아다녔다. 나의 뾰족한 마음은 그를 찌르려고 했다. 다행히 그 전에 내 이성이 그것을 저지했다.

부대는 여전히 바빴다. 우리는 옆 중대 몫의 근무까지 대신 들어가야 했다. 그들의 훈련 준비 때문이었다. 그렇다고 해서 우리 중대가 원래 해야 할 일이 줄어든 것도 아니었다. 작전은 그대로 진행되었다. 작전 명단도 그대로였다. 그 결과, 나는 30일 중 28일 동안 새벽 근무를 서게 되는 운명을 갖게 되었다.

그 근무가 모두 끝나면 위병소 근무가 시작되었다. 위병소 근무에는 확실한 장점과 확실한 단점이 동시에 존재했다. 우선 특정 시간 외에는 할 일이 별로 없어 혼자만의 시간을 가질 수 있었다. 늘 누군가가 있는 이곳에서 혼자만 있는 시간을 가진다는 것은 특별한 일이었다. 그리고 이 시간 동안 마땅히 할 일이 없으면 시간과의 싸움을 해야 한다는 것이 단점이었다. 하지만 이러한 시간을 기다려 왔던 나로서는 문제가 되지 않았다.

나는 선재와 함께 위병소에 들어가게 되었다. 그는 바

같에서 자리를 지키고 나는 안에서 실내를 지켰다. 그에게 가혹한 처사라고 생각이 들기도 했지만 나를 포함한 모든 이가 거쳐 가는 것이었다. 상황이 허락되는 한 나는 그를 안으로 들여보내려 했다. 개인 시간을 포기하는 일이기도 했지만, 누군가의 역사에 대해서 알아가는 것은 개인 시간만큼이나 가치가 있는 일이었다. 나는 선재가 내가 겪어왔던 감정을 그대로 느끼는지가 궁금했다.

"선재야, 군 생활 할 만하냐?"

이 질문은 기호 같았다. 누구에게나 적용될 수 있는 것이었다.

"예, 아직까지는 할 만합니다."

"애들하고는 잘 지내니?"

"저희 생활관 애들이랑은 잘 지내고 있습니다."

"바깥 사람들이랑은 어때, 슬슬 생각이 많아질 때 같은데."

"인스타 같은 거 보면 솔직히 부럽긴 합니다."

"그건 어쩔 수 없는 것 같아."

그는 나와 동갑이었다. 일방적인 존댓말이 요구되는 관계였지만, 나는 그가 후임이기 전에 비슷한 시간을 살아온 친구라고 생각했다. 유대성 병장으로부터 배운 것이었다.

“괴롭히는 선임은 없어?”

“크게 없습니다.”

“작게는 있어?”

“저번에 박호영 병장님이 와서 불침번 때 좆같이 깨우지 말라고 하기는 했습니다.”

“그 양반은 집 갈 날이 다 되어가는데도 그러네.”

“강인호 상병님한테도 그랬습니까?”

“몇 번 있었어, 이제는 기억도 잘 안 나네. 박호영도 우리랑 동갑이야.”

“그건 몰랐습니다.”

“괜찮은 선임은 있어?”

“저는 강인호 상병님이 제일 좋은 것 같습니다.”

“이 대답을 들으려고 물어본 것은 아니긴 한데, 고마워.”

그 질문이 끝이 나자 위병소가 다시 바빠졌다. 그는 다시 바깥에서 나는 안에서 시간을 가지게 되었다. 조용한 위병소 안, 잠시 쉬려는 찰나에 책상 한구석에 놓인 군용 수첩이 눈에 띄었다. 남의 수첩이었으나 내 호기심이 그 수첩을 읽어보자고 권유했다. 나는 그 권유에 넘어갔다.

그 수첩에는 독서 감상문이 빼곡히 적혀 있었다. 간간이 일기 같은 것도 보였다. 나는 처음으로 누군가의 일기를 읽어보게 되었다. 다만 이름은 어디에도 찾아볼 수 없었다. 일기의 내용으로 유추했을 때, 높은 확률로 그는 나의 선임이었다. 그의 수첩의 초반부에서는 내가 겪어왔던 것을 그는 어떤 형태로 받아들였는지에 대해 쓰여 있었다. 지금의 선재에게 해당되는 부분이기도 했다. 중반부에는 내가 지금 겪고 있는 것들에 대해 쓰여 있었다. 그도 그만의 치열한 사투를 기록으로 남겼다. 약간의 차이는 있어도 공감되는 지점이 훨씬 많았다. 후반부에는 내가 앞으로 겪을지도 모르는 것들이 빼곡하게 적혀 있었다. 그때는 부러움이 앞섰다. 그날의 위병소 근무가 끝나고 나서도 그 수첩은 오랫동안 내 안을 머물렀다. 누군가 내 수첩을 보면 무슨 생각을 할까, 문득 궁금해졌다.

위병소 근무를 서는 내내 상념에 잠겨 있었다. 이곳에서는 귀한 시간이었다. 나는 그동안 밀렸던 고민들에 대해 조금이나마 정리를 하려고 했다. 하지만 대부분의 것들은 이 조그마한 네모 안에서 정리하기엔 부피가 컸다.

그래도 이런 공간과 시간이기에 닿을 수 있는 것이 있었다. 그동안은 강박적으로 혼자임을 나에게 강조했다. 이곳에서 나를 지킬 수 있는 것은 오직 나뿐이라고 나에게늘 되새겼다. 그 약속이 나를 지키기도 했던 것은 사실이었다. 그러나 이제는 상황이 달라져 있었다. 나의 의지와는 무관하게도 변화들이 생겨났다. 그렇다면 나는 그것들을 주시해야 했다.

그때 위병소 바깥으로 경찰차 한 대가 들어오는 것이 보였다. 여기서는 보기 힘든 민간 경찰 차량이었다. 나는 번호판을 다시 한번 확인했다. 틀림없이 민간 경찰 차량이었다.

매일 같이 보는 군사경찰 차량이 아니었다. 나는 선재에게 용무를 확인하라고 전달했다. 돌아오는 선재의 대답은 나의 예상 어딘가에는 존재하는 것이었다.

"신고받고 왔답니다."

나는 차분하게 지휘통제실에 이 사실을 알렸다. 그들은 들여보내라고 지시했다. 나는 그 지시를 따랐다. 잠시 뒤에 간부들이 우르르 부대로 들어왔다. 나는 단번에 별일이 아니란 것을 직감했다. 그날 주승이의 말 속어딘가에 단서가 숨어 있었음을 그제야 깨달았다. 30분

정도가 지났을 무렵에, 경찰차가 다시 위병소로 돌아왔다. 이번에는 뒤에 누군가를 태우고 있었다. 위병소 근무가 끝나고 나는 주승이를 찾아갔다. 그는 나에게 그가 본 현실을 말해주었다.

"이 새끼들, 완전히 미친놈들이야. 신문지를 돌돌 말아서 그걸 빨게 했어. 소리를 안 내면 사랑의 매를 뽑게 하고 다시 처음부터 하게 하고. 3중대 후임들이 수송부에서 이걸 말하니까 선임들이 이건 신고해야 한다고 말했어. 마편으로는 절대 해결이 안 되는 줄 알았는데, 신고 한 번으로 하루 만에 끝나더라."

나는 우리가 모두 같은 곳에 살고 있는 줄 알았다. 하지만 그건 내 착각이었다. 누군가는 지옥에서 살고 있었다. 그들은 어떤 고통 속을 헤엄치고 있었을까. 그것마저 저울질하고 있는 나였다.

죄와 벌

다음 날, 뉴스에는 내가 알고 있는 사건이 보도되었다. 그들은 특정하지 않았지만, 나는 그들보다 많은 것을 알고 있었다. 그러나 그 뉴스는 보도되는 순간에만 살아 있었고 금방 다른 뉴스가 보도되었다. 다만 엄마에게는 예외였다.

"그거 너네 부대 맞지?"

"응, 근데 우리 중대는 아니야."

"아직도 그런 애들이 있냐."

"그러게."

이 사건과 연관이 없는 나였기에 엄마는 괜찮았을 것

이다. 그러나 누군가의 엄마는 심장을 도려내야 했을 것이다. 이 차이를 만든 건 무엇이었을까, 그건 일기장에서 찾을 수 없었다.

대대 무사고 100일을 달성하면 휴가 1일이 주어진다. 98일까지 순조롭게 진행되었지만 그날 이후로 숫자를 올릴 수 없게 되었다. 많은 이들은 탄식했다. 누군가는 분노하고 비난했다. 그 비난의 대상은 분명하지 않았다. 다들 저마다의 저울질을 이어갔다. 나도 마찬가지였다. 그러나 나에게 있어 이 사건은 휴가 1일보다 무거웠다. 그래서 다행이라고 생각했다.

사건이 있고 대대장은 강당에 대대 인원 전체를 소집했다. 교육을 하기 위해서였다. 우리가 전부 모이고 대대장은 가장 앞에 섰다. 나는 그의 입에서 나올 말들을 기다렸다.

"어, 우리가 다음 주부터 훈련을 진행하게 된다. 큰 훈련은 아니니까 너무 부담을 가질 필요는 없어. 오늘은 훈련할 때 유의할 점에 대해서 교육하겠다."

그는 설명을 계속했다. 하지만 나에겐 이보다 더 필요한 설명이 있었다. 그의 할 말이 끝나고 그는 질문이 있는 사람은 손을 들라고 했다.

궁금했다. 한 대대를 책임지는 사람으로서 이 사건에 대해서 어떻게 생각하는지. 그리고 묻고 싶었다. 정말 아무렇지 않은지. 마음의 편지로 해결할 수 있는 문제가 있는 건지.

그러나 강당에는 많은 눈과 귀가 있었다. 공개적인 장소였기에 서로에게 적당하지 않았다. 결국, 나는 손을 들지 못했다. 그리고 교육이 끝났다. 중대는 어제와 똑같이 오늘의 일들을 진행했다. 어떠한 변화도 없었다. 달라진 것은 어제보다 군 생활을 하루 더 했다는 사실뿐이었다. 나도 그들과 다를 게 없었다. 전날처럼 일본어 공부를 하고 글을 썼다. 남는 시간에만 이름도 모르는 이들에 대한 걱정을 하고 연민을 느꼈다.

그날은 전역이 얼마 남지 않은 박호영 병장과 불침번 근무를 들어가게 되었다. 그의 마지막 불침번 근무였다. 나는 늘 그랬듯이 그에게 아무런 말도 하지 않으려 했다. 그러나 그가 나를 귀찮게 했다.

"인호야, 분대장 할 만하냐?"

"예, 할 만합니다."

"나는 요즘 잠이 안 와."

"왜 그렇습니까."

"애들한테 너무 미안해서. 하나하나 생각이 나. 내가 너네한테 욕하고 손찌검한 것들 전부.

"손찌검까지 했습니까?"

"많이는 아니고 조금. 내가 왜 그랬을까, 지금 생각하면 아무것도 아닌 일들인데."

역겨움에 잠이 모두 달아났다. 그는 그런 말조차 할 자격이 없는 사람이었다.

"인호야, 그니까 너도 애들한테 잘해줘. 나중에 나처럼 후회하지 말고."

"저는 못해준 적 없습니다. 애들한테 욕도 한마디 안 해봤습니다."

"주용이한테도?"

"주용이는 기회가 많았습니다. 그리고 본인이 자초한 일입니다."

"난 솔직히 조금 걱정돼. 아예 투명 인간이잖아. 후임들한테 대우도 못 받을 테고."

"걱정 안 하셔도 됩니다. 빨리 집이나 가십쇼."

그렇게 그의 마지막 불침번 근무가 끝났다. 곧이어 그의 전역이 다가왔다. 그는 모든 짐 정리를 혼자 했다. 아무도 그에게 손을 내밀지 않았다. 모든 준비를 마친 그는 위병소로 걸어갔다. 아무도 그와 같이 걸어주지 않았다. 1중대에서는 이례적인 일이었다. 작아지는 그의 모습이 측은하기도 했지만, 이 모든 건 그의 선택이었다.

"씨발 새끼, 드디어 가네."

성은이의 작별 인사였다. 그에겐 닿지 않았다.

"안타깝진 않아."

나의 작별 인사였다. 그와 나는 마지막까지 일방적이었다.

성은이도 그의 마지막을 지켜봤다. 우리는 그의 반대 방향으로 돌아서 하던 일을 마저 했다. 이제는 선임보다 후임이 많았다. 그들은 사라졌고 그 빈자리는 새로운 이름으로 채워졌다. 결국 다시 0이 되었다. 놀라울 정도로 정교한 균형이었다.

지호를 데리고 평일 외출을 나갔다. 후임과 단둘이 출타를 나가는 것은 처음이었다. 나는 긴장한 듯한 그에게 나랑 있을 때만큼은 편하게 있어도 된다고 하였다. 그는 그 말을 완전히 믿지는 못한 것 같았다. 나는 그와 햄버거 가게에 들어갔다. 내가 좋아하는 맥도날드는 아니었지만 위수 지역 내에서는 최선의 선택이었다.

"지호, 군 생활 할 만하니."

"예, 아직까지는 괜찮습니다."

"외출은 처음이지?"

"예, 그렇습니다."

"햄버거, 괜찮지?"

"저는 뭐든 좋아합니다."

나와 지호는 여러 가지 얘기를 나누었다. 사회에서 서로가 어떤 사람이었는지, 군대에 와서 어떤 일이 있었는지에 관한 얘기였다. 지호는 야구를 좋아한다고 했다. 야구에 큰 관심이 없는 나였지만 알고 있는 모든 지식을 동원해 그와 야구 이야기를 나누었다. 지호는 기아 타이거즈 이야기를 할 때만큼은 눈빛이 반짝였다.

"그러면 광주에서 쭉 살았던 거야?"

"예. 혹시, 광주 사람 싫어하십니까?"

"아니, 싫을 이유가 뭐 있어."

"저도 압니다. 사람들이 전라도 사람 싫어하는 거. 근데 저는 왜 그렇게 전라도를 싫어하는지 모르겠습니다."

"그러게나 말이다. 근데 다 그렇지는 않아."

"강신호 상병님은 어디 출신이십니까."

"나는 제주도 사람이야."

군대에 와서 신기한 것 중 하나였다. 나에게 있어 대

한민국은 제주도와 서울뿐이었다. 나머지는 존재하고 있음을 인지할 뿐 실감하지는 못했다. 대학에서도 많은 사람과 마주치는 것을 알았지만 거기까지였다. 그들은 잠시 등장했다가 사라졌다. 그래서 이어지지 않았다. 그러나 이곳에서는 매일 이들에 대하여 알아갈 수 있었다. 저마다의 일기를 들을 수 있었다. 내 세계는 분명 좁아졌지만, 내 세상은 넓어져 갔다.

모든 인간은 자신이 태어날 곳을 선택할 수 없다. 하지만 가끔 사람들이 한참 전에 죽은 사람들의 사고방식으로 살아가는 것 같은 느낌이 들 때가 있다. 나 아닌 누군가가 서로를 싫어했기에 나도 그들을 싫어해야 했다. 아직 고등학생의 티를 다 벗지 못한 어린 청년이 스스로를 광주 사람이라고 칭했다. 그 점이 내 마음을 아프게 만들었다. 그래도 그가 모든 사람이 그렇지는 않다는 것을 알았으면 좋겠다고 생각한 어느 봄밤이었다.

그리고 봄이 지나가면 유대성 병장의 전역이었다. 그는 마지막으로 나와 불침번을 서고 싶다고 했다. 나는 당직 근무를 바꿔 그와의 마지막 밤을 같이 지새웠다. 그가 없는 군 생활이 생각보다 빨리 다가왔다.

"인호야 이제 그냥 반말해라."

"갈 때만큼은 선임으로 보내드리고 싶습니다."

"뭔 선임이야, 우리 동갑이니까 친구지."

"그렇다면, 그렇게 하도록 할게."

컨테이너의 새벽은 여름이 내일로 다가왔는데도 차가웠다. 원래라면 시간이 가기만을 기다렸을 것이지만, 그날만큼은 시간이 지나가는 게 미웠다. 이미 많이 경험해 본 이별이고, 군대에 와서는 익숙해질 정도로 반복되었지만, 그때만큼은 인정하고 싶지 않았다.

"대성아, 나가면 뭐 할 거야?"

"일해야지. 일하고, 돈 벌고, 결혼하고, 애 낳고 하다 보면 언젠가 죽지 않을까?"

"부럽다. 나도 밖에서 할 게 많은데, 가끔 보면 여기서 뭐 하고 있나 싶어."

"그래도 난 군대 온 거 후회 안 해."

"나도 전역 전날이면 그렇게 말할 수 있겠지."

"너는 잘하고 있잖아. 군 생활하면서 자기 계발 하는 거 절대 쉽지 않아."

곳곳의 틈새로 여름의 햇살이 들어왔다. 기상나팔이 울렸고, 나는 또 하나의 하루를 준비하러 가야 했다. 밤을 새우며 근무에 들어갔기에 아침 점호가 끝나면 나는 샤워를 하고 근무 취침을 할 계획이었다. 하지만 그날은 그럴 수 없었다. 나는 졸린 눈을 비비며 8시 30분이 되기를 기다렸다. 약속한 시간이 되자 대성이가 행정반으로 들어왔다. 그는 모든 준비를 마치고 있었다. 그의 전역 신고가 끝나고 나는 그를 배웅하기 위해 그를 따라갔다. 일과와 작전 때문에 많은 사람이 그와 같은 길을 걸을 수 없었지만, 나는 그 사람들의 몫까지 걸어갔다. 길게만 느껴지던 위병소로 가는 길이 무척이나 짧았다. 나는 마지막으로 그와 포옹을 했다.

"인호야, 말출 나오면 연락해. 그동안 고마웠다."

"처음 온 날부터, 오늘까지 잘 챙겨줘서 감사했습니다."

그는 손을 흔들고 위병소 밖으로 나갔다. 커다랗던 그가 점보다 작아졌다. 이제는 닿을 수 없는 것처럼 멀어져갔다. 나는 그가 완전히 사라질 때까지 바라보다 왔던 길을 되돌아갔다.

그가 전역을 하면 내 군 생활에 큰 변화가 생길 줄 알았지만 와닿을 정도의 부피는 아니었다. 어제보다 집에 갈 날이 가까워졌다는 것 정도였다. 나는 평소와 다를 것 없이 온몸을 가리고 두돈반에 올라탔다. 작전을 어느새 열 번도 더 경험하였기에 두려움은 자신감으로 변이 되었다. 작전 10일에 휴가 1일이었다. 하루라도 더 작전에 나가서 휴가를 얻고 싶은 생각뿐이었다.

탐지기를 켤 때마다 그곳에 계시던 간부님들이 항상 '전에도 탐지했던 곳이니까 빨리 끝내고 가자.'고 말씀하셨다. 나는 겪고 싶지 않은 일말의 가능성보다 그들의 말을 더 신뢰했다. 지옥 같은 탐지복 안에서는 빨리 끝내고 쉬고 싶은 마음이 간절했다. 그러나 탐지복을 벗고 나서는 의문이 밀려왔다.

'그렇다면 나는 이걸 왜 하는 걸까.'

어차피 지뢰가 안 나온다고 하는 곳에서 나는 왜 지뢰를 찾으려고 내 몸의 절반이나 되는 무게의 장비들을 짊어져야 하는 걸까. 그래도 지뢰가 나오는 지역에 가고 싶지는 않았다. 무사히 하루를 끝내고 또 하루를 끝내다 전역을 하고 싶었다.

부대로 복귀하는 차 안에서 나는 정 중사님에게 그동안 마음속에 묻어뒀던 질문을 꺼냈다.

"근데 지뢰 밟으면 어떻게 됩니까?"

"음, 죽지 않을까."

"탐지복 입어도 바로 죽습니까?"

"그러지 않을까."

"그럼 왜 입습니까."

"시체라도 건지려고?"

섬뜩한 말이었지만, 설득력이 있었다. 내 말을 듣던 최영호 병장도 아껴뒀던 질문을 하는 듯했다.

"혹시 만약에 저희가 밟아서 죽으면 어떻게 됩니까?"

"너 하사 되는 거지."

"보상 같은 거는 안 해줍니까?"

"보상은 무슨, 장비 똑바로 조작 못한 너네 책임으로 돌릴걸?"

"와, 개좆같다."

나는 그의 마지막 말에 조용히 공감했다. 작전을 나가는 날은 하루가 빠르게 지나갔다. 몸이 피곤하긴 했어도 일본어 공부와 글쓰기를 거르고 잘 수는 없었다. 일본어 실력이 점차 좋아지는 것을 느껴서 다행이었다. 글쓰기도 한 자 한 자 페이지를 채우는 것을 보면서 완성될 그날을 그릴 수 있었다. 가까이에 있지는 않지만 그리 멀지도 않은 미래라고 생각했다.

그러나 미래라는 것은 항상 나의 의지와 별개로 작용된다.

그날은 굴삭기로 작전을 진행하였기에 나를 비롯한

작전병들은 근처 막사에서 대기를 하고 있었다. 작전에서 흔히 만날 수 없는 행운이었기에 모두가 들떠 있었다. 뙤약볕 대신 에어컨 바람을 쐬는 것은 내가 지금 추울 수 있다는 것에 감사하게 되는 일이었다. 그러던 중에 바깥에서 굉음이 들렸다. 단번에 심상치 않음을 느낀 우리 모두가 밖으로 뛰쳐나갔다. 바깥에는 우리와 비슷한 이들로 가득했다. 그러나 아무도 그 소리의 원인을 알지 못했다. 그러나 내 안에 잠재되어 있는 불안을 떨쳐내지 못하는 나의 본성이 나에게 속삭였다. 그리고 내가 우려하던 일은 현실이 되었다.

굴삭기가 대전차 지뢰를 밟았다고 하였다. 믿을 수 없었다. 그러나 내 믿음은 현 상황에서 아무런 도움이 되지 않았다. 내 다리가 떨리기 시작했다. 나는 나에게 어떤 선택이 내려오는지 기다릴 수밖에 없었다. 종교가 없는 나이지만, 그때만큼은 두 손을 모아 기도했다. 잠깐의 시간이 지나고 정 중사님은 우리에게 그들의 선택을 알려주었다.

굴삭기를 꺼내야 한다고 했다. 그러기 위해서는 우리가 그 일대를 정밀 탐색해야 했다. 평소였다면 바로 탐지복을 꺼내 왔겠지만, 도저히 엄두가 나지 않았다. 하지만 그곳에서 내가 선택할 수 있는 것은 여전히 아무것도 없었다. 탐지복을 입고 우리는 어떤 순간을 기다리는 사람들처럼 앉아 있었다. 최영호 병장이 어색한 분위기를 풀려는 시도를 했다.

"유서라도 써야 하나."

나는 그 순간 그를 진심으로 존경하게 되었다.

"저는 일기 써놔서 괜찮습니다."

"나도 좀 써둘걸."

"오늘부터 쓰십시오."

긴장이 조금은 풀렸을 때, 우리는 현장으로 투입되었다. 마지막 선을 넘기 전 나는 최영호 병장과 무거운 포옹을 나누었다.

"인호야, 살아서 보자."

"예, 죽지 마십시오."

우리의 앞에는 단 한 줄기의 바람도 없었다. 숨소리마저 굴절되어 들릴 만큼, 세상 전체가 멈춘 듯했다. 수도 없이 넘나들던 철조망이 나를 가두었다. 나는 링 안으로 던져진 권투선수가 된 것 같았다. 링 밖에선 무거운 것을 가슴팍에 매단 사내들이 우리를 관람했다. 그리고 나의 모든 행동을 지시했다. 평소라면 넘어갔을 탐지기에 울리는 조그마한 진동이라도 절대 무시할 수 없었다. 나는 그 기기의 성능을 맹신하여 그것이 지시하는 모든 곳에 깃발을 꽂았다.

뒤를 돌아보지는 않았지만, 정 중사님이 난색을 표하고 있을 걸 알았다. 그러나 이번만큼은 나를 포함한 그 누구와도 타협할 수 없었다. 그리고 내가 깃발을 꽂은 대부분의 땅에서 지뢰가 나왔다. 순간 공병학교 시절 훈육관이 한 말이 뇌리를 스쳤다. 그의 말처럼 차라리 로또를 살 걸 그랬다.

그 일대에서만 전투를 치러도 될 만큼의 지뢰가 매설되어 있었다. 해는 자신의 모습을 감춘 지 한참이었다. 나는 관객석을 바라봤다. 그들은 여전히 아무런 미동 없이 나를 관람하고 있었다. 그들이 움직이지 않는 한 나는 이 철조망 안에서 탈출할 수 없었다. 나는 이런 잡생각마저 모두 쏟아내고 오로지 내 손과 발의 감각에만 집중했다. 그때의 나로서는 그게 정답이었다.

19시가 넘어서 작전은 일시적으로 종료되었다. 나는 탐지봉만큼이나 커다란 안도감을 들고 그곳에서 빠져나왔다. 내 두 다리가 붙어 있음에 진심으로 감사했다. 이제는 내 할 일을 다 했고 폭발물 처리반이 나머지 것들을 하기만을 기다리면 되었다. 어려울 게 없는 일이었다. 그러나 그곳에서는 나의 희망마저 나를 고문한다는 사실을 나는 잊고 있었다.

폭발물 처리반은 내가 찾은 지뢰의 대부분이 장전되어 있다고 전했다. 나는 가슴을 쓸어내렸다. 그렇기에 그들은 한 번 더 정밀 탐지를 할 것을 요구했다. 완벽한 확신이 생길 때까지 그곳에 들어갈 수 없다는 것이 그들의 주장이었다. 나는 그렇게 그 지옥으로 제 발로 다시 걸어 들어갔다. 다행히 추가적으로 나온 지뢰는 없었다. 그곳에서 줄넘기를 시키더라도 할 수 있을 정도의 확신이었다. 그들의 일은 예상외로 빨리 끝났고 나는 20시가 넘어서야 부대로 복귀할 수 있었다.

내 가슴에 구멍이 뚫린 것 같았다. 부대로 복귀하는 길에는 그 구멍으로 사회를 구경했다. 무언가를 담으려 해도 금방 쏟아졌다. 그것을 수없이 반복하다 부대에 건강한 내 발을 내디뎠다. 막사는 이미 점호까지 마친 후였다. 나는 동기들이 깰까 조용히 흙 묻은 옷을 벗고 샤워실로 향했다. 샤워실에는 나와 같은 마음을 갖고 있을 최영호 병장이 있었다. 우리는 아무 말 없이 뿜어져 나오는 물줄기를 받아냈다. 내 다리는 그때까지 미세하게 떨리고 있었다.

"오늘 일기 쓰십니까?"

생각을 많이 거친 질문이었다.

"무조건 써야지. 너 나중에 책 나오게 되면 오늘 있었던 일 꼭 넣어라."

"저도 무조건입니다."

"내일 전투 휴무 줄려나?"

"일과 외 시간이어서 마일리지일 겁니다, 그리고 내일도 작전이랍니다."

"아니. 씨발, 무슨 노예마냥 부려 먹냐. 인간적으로 내일은 쉬게 해줘야 하는 거 아니냐고."

샤워를 마치고 아무것도 보이지 않는 천장을 한참 바라보았다. 이 모든 것이 내게 일어난 일이라는 게 믿기지 않았다. 왜 하필 나였을까. 내가 무슨 죄를 지었다고, 내게 이런 가혹한 벌을 주는 것일까.

단단하게 망치질을 했다고 생각한 못은 모래성처럼 무너져 내렸다. 그리고 그날 이곳에 와서 처음으로 눈물을 흘렸다. 곤히 자고 있는 동기들이 있었기에 소리를 내지는 못했다. 이 감정이 충분히 희석될 때까지 그 일에 대해서만 생각했다. 완전히 느끼고 보내주어야 했다.

그러나 너무나도 작은 나는, 나의 마음조차 제어하지 못했다. 그날은 결국 일기장에 아무런 글자도 적지 못하였다. 그럼에도 내일 작전 때 입을 전투복이 마를 때까지 나는 편히 눈을 감을 수 없었다.

다음 날이 되어서야, 동기들은 내가 온전하게 돌아온 것을 알아차렸다. 그들은 나를 신기하게 여기면서도 결국에는 가엾게 여겼다. 돌아와서 자세히 이야기를 하기로 하고 나는 다시 두돈반 위에 올라탔다. 그곳에는 어제 본 얼굴들이 그대로 있었다. 이들도 과연 나와 같은 밤을 보냈을지 문득 궁금해졌다.

"지동준 중사님은 괜찮으십니까?"

내가 본 굴삭기는 처참했다. 무거운 철로 이루어진 굴삭기도 인간의 욕심 앞에서는 종잇장처럼 구겨진다는 것을 그 광경을 보면서 절실히 느꼈다. 아이러니하게 그 욕심으로 인한 대가는 늘 다른 방향으로 향했다.

"가보면 알겠지."

우거진 자연 속에는 인위적인 구멍 하나가 있었다. 그 구멍에는 연못이 담겨 있었다. 다시 봐도 믿기지 않는 광경이었다. 우리는 다행히도 어제와는 완전히 다른 지역을 배정받았다. 그곳은 정말 지뢰가 없으니 안심하고 탐지를 해도 된다고 하였다. 나는 더 이상 어떤 말도 완전히 신뢰할 수 없었다. 내가 온전히 경험하기 전까지는 하나의 의견일 뿐이었다.

그곳에는 지동준 중사가 있었다. 모두들 그가 살아 있는 것이 기적이라고 했다. 장구류를 잘 착용했기에 상처 몇 개와 그 일을 바꿀 수 있었다. 그가 무사한 것은 분명 다행이었다. 하지만 그 일을 겪고도 다음 날 똑같은 곳으로 향해야 하는 그의 상황까지, 기적이라 부르고 싶지 않았다. 나는 담배 연기를 내뿜는 그에게 슬그머니 다가가서 물었다.

"지동준 중사님, 진짜 괜찮으십니까."

"뭐, 어쨌든 멀쩡하잖아."

"오늘은 좀 쉬셔야 하는 거 아닙니까."

"나 저번 달에 아빠 됐어, 어떻게 쉬냐."

커다란 그의 그림자가 나를 덮어주었다. 이곳에서는 찾아보기 힘든 그늘이었다.

"너네들은 괜찮냐?"

"예, 저희들은 뭐 지 중사님에 비하면 아무것도 아니지 않습니까."

"죽을 뻔한 건 다 똑같았는데, 무슨."

"그래도 살아 있지 않습니까."

그는 나에게 담배를 권했다. 나는 정중히 거절했다. 그는 이해한다는 눈빛으로 담배 한 대를 입에 물었다.

"너 여자친구 있냐?"

"지금은 없습니다."

"나중에 너도 결혼해서 애 낳으면 알게 될 거야. 솔직히 국가 안보, 조국 통일 이런 것도 중요하긴 한데, 내 새끼 지키는 게 제일 중요하지. 그래서 그 3중대 새끼들이 쓰레기 새끼들인 거고."

"걔네는 어떻게 됐습니까?"

"빨간 줄 그어지는 거지, 불쌍하진 않아."

그날의 탐지부터는 발걸음의 무게가 달랐다. 가벼이 걸음을 판단할 수 없었다. 그곳이 얼마나 위험한 곳인지를 나는 그제야 제대로 알게 되었다. 역시 경험하기 전에는 하나의 의견일 뿐이었다.

오전 작전을 마치고 점심 식사를 하는 동안 간부님들은 어제 있었던 일에 대해 이야기했다. 나의 손과 입이 바쁘게 움직였지만 내 신경은 귀를 기울이고 있었다.

"그거 들으셨습니까. 어제 그 안전 통제하는 행보관 있지 않습니까, 바로 날아갈 뻔했답니다."

언제나 이야기를 주워 오는 강 하사가 이번에도 주워 온 이야기를 펼쳤다.

“왜, 그 사람이 무슨 잘못을 했다고. 경계병도 잘 배치해서 그나마 수습한 거 아니야?”

“제 말이 그겁니다. 근데 어제 영관 장교들도 많이 오지 않았습니까, 어쨌든 지뢰가 터진 거는 저희 절차대로 안 움직여서라는 겁니다. 그래서 그 담당인 행보관님이 책임을 져야 한다고 말했답니다.”

“그럼, 그 새끼들이 작전하라고 그래.”

“그리고 그 행보관님을 평소에 안 좋게 생각하는 장교가 많았답니다. 그 사람들 입장에서는 완전히 건수 잡은 거 아닙니까? 그래서 이 기회에 저번에 있었던 일까지 끌고 와서 조지려고 했답니다.”

“나라면 개같아서 군 생활 못 하겠는데?”

“그런데, 어쨌든 지 중사님도 무사하시고 뉴스도 안 나갔지 않습니까. 그래서 대대장이 조용히 넘어가자고 했답니다. 그러니까 아까 간부들이 행보관 칭찬한 겁니다. 통제 잘해가지고 아무 일 없었다고.”

나는 남은 밥을 모조리 긁어 모아 한입에 삼켰다. 그러고는 오후 작전 준비를 하러 나갔다. 지 중사님은 나에게 고생한다며 자판기에서 음료수 한 캔을 뽑아 주셨다.

오후 작전을 마치고는 우리는 다시 왔던 길로 돌아갔다. 또 하나의 하루를 무사히 마친 것이 만족스러웠다. 막사에 달린 태극기가 펄럭이는 것이 보였다. 내 오른쪽 팔뚝에 붙어 있는 것과 똑같았다. 그때는 그냥 네모난 그림 같았다.

생활관에 돌아온 나는 아무것도 하지 않으면서 남은 금요일을 보냈다. 나에게 주는 작은 보상이었다. 몰아친 일주일이었다. 토요일도 고요했다. 나는 불침번을 서며 토요일을 정리하고 있었다. 그때만큼은 아무 일도 일어나지 않았다.

그때 행정반에서 전화기가 울리는 소리가 들렸다. 일요일로 넘어가는 새벽 2시에 행정반에 전화가 온다는 것은 좋지 않은 징조였다. 나는 그곳에 귀를 기대어 그들의 통화를 엿들으려고 했지만, 잘 들리지 않았다. 오늘의 당직 부사관인 홍승진 상병이 행정반 문을 닫고 나왔다.

"인호야, 내일 작전 나가라는데?"

"내일 말씀이십니까?"

"어, 급한 거라서 최대한 빨리 보내달라고 했대. 6시에 조기기상 넣어줄게. 주승이랑 영호도 같이 나가야 하는데 깨워서 말하고 다시 재울까 아니면 그냥 6시에 깨울까?

"6시에 제가 깨우겠습니다. 잠이라도 편하게 자게 해주십쇼."

불침번 근무가 끝나고 손목에 있는 시계를 봤다. 작전까지는 4시간 정도만이 남아 있었다. 왜 자꾸 벌을 받는 것일까. 나는 나의 죄가 될 만한 것들을 찬찬히 살펴보다 불안정한 잠을 잤다. 그 결과 그들이 나를 깨우기 전에 일어났다. 곧바로 주승이의 자리로 향하였다.

"주승아, 작전 가자."

주승이는 역시나 예상한 반응을 보였다.

"뭔 개소리야, 오늘 일요일인데."

"장난 같지? 얼른 씻으러 와, 30분 뒤에 출발이니까."

최영호 병장도 비슷한 반응을 보였지만 그는 어느 정도 체념을 한 것 같았다. 아직 어두운 생활관에서 장구류를 착용하였기에 소리가 꽤 튀어나갔다. 아직 꿈속에 있는 동기들에게 미안했다. 주승이도 어느새 군복을 입고 있었다. 복도로 나가자 소대장님이 계셨다. 그도 우리만큼 이 상황에 당혹스러운 것 같았다. 그는 술을 마시다가 급하게 택시를 타고 부대로 복귀했다고 했다. 나는 이제 이런 상황에도 웃음을 지을 수 있는 사람이 되어 있었다. 당일치기는 득보다 실이 크다고 생각해 주말 외출을 나가본 적 없는 나로서는 첫 주말 외출을 나가는 것 같았다. 좋아하는 걸그룹의 노래를 들으며 우리는 작전지역으로 향했다.

거기서는 대북방송이 흘러나오고 있었다. 차에서 들었던 걸그룹 노래를 작전하면서 들을 수 있다는 것이 신기했다. 아쉽게도 가위바위보에서 진 내가 탐지복을 입어야 했다. 나는 빨리 집에 돌아가게 해주겠다고 호언장담했다. 굳은 결의로 무거운 발걸음을 내딛고 있을 때 소대장님이 난색을 표했다.

"뭐야, 여기가 작전지역입니까?"

그는 우리를 이곳으로 끌어당긴 장본인에게 말했다.

"예, 여기서부터 저기 보이는 철조망까지 해주시면 됩니다."

그는 손가락으로 파란 깃발을 가리켰다.

"여기 콘크리트여서 작전 못 합니다."

소대장님의 말은 나의 걸음을 멈추게 만들었다.

"그게 무슨 말씀이십니까?"

멈춘 것은 나의 걸음뿐만이 아니었다.

"여기 다 울려서 작전을 할 수가 없습니다. 그리고 콘크리트에는 지뢰가 있을 수가 없습니다."

작전은 시작하기도 전에 중단되고 소대장님과 그 지역의 책임 간부님이 논의를 하기 시작했다. 그 논의는 금방 끝났고 소대장님은 우리에게 그 결과를 알려주었다.

"작전 종료, 부대 복귀하래."

"아니 씨발, 이게 뭡니까."

최영호 병장은 아쉬움을 많이 느끼는 것 같았다. 우리도 마찬가지였다.

"아니 진작에 콘크리트라고 말했으면 일요일 아침부터 이 지랄을 안 해도 되는 건데."

소대장님은 부대로 가는 지름길을 안내해 주었다.

"진짜 세 마디만 해도 알 수 있는 건데, 그걸 꼭 여기까지 와서 확인해야 하는 겁니까, 아침도 안 먹었는데."

"이건 진짜 항의라도 해야 합니다."

우리의 과녁은 동일했고 우리는 각자의 총알을 그곳에 쏘았다.

"짜장면이나 먹고 가자."

그 말이 이 황망한 새벽을 단숨에 축제로 만들었다.

그 짜장면이 오늘의 보상이었다. 부대로 돌아오니 일요일의 절반이 사라져 있었다. 마침 부대에 있던 중대장님이 작전에서 복귀한 우리를 보았다.

"오전 근무 취침 하나 주면 되는 거지? 아 맞다 저번에 늦게 들어온 것도 마일리지 받을 거면 받으러 와."

그는 나를 계산하고 결제했다.

뜨거웠던 오뉴월이 끝나고 나는 공적심의에 내가 받아야 할 휴가들을 전부 올렸다. 내 손에 쥐어진 휴가들이 나의 모든 기억을 가려주었다.

나도 나를 계산하고 결제했다.

원의 둘레

새로운 막사로의 이사 날이 다가오고 있었다. 고대하던 순간이었다. 새집을 구경하러 갔을 때, 나는 그동안의 군 생활에 대한 보상을 받는 것 같았다. 쾌적한 그곳은 시멘트 냄새마저 달콤했다. 다만, 걱정거리가 하나 있었다. 나의 모든 짐과 컨테이너의 모든 짐을 어떻게 4층까지 올리느냐였다.

"강인호 상병님, 군대에는 왜 엘리베이터가 없습니까?"

지호는 같이 평일 외출을 나간 이후로 내게 물어보는 것이 눈에 띄게 많아졌다. 나는 그에게 내가 아는 한에서는 성심성의껏 대답해 주려고 노력했다.

"몰라, 근데 뭐 이유가 있겠지."

"아, 그리고 엄마한테 강인호 상병님 얘기했더니 감사하다고 꼭 좀 전해달라고 했습니다. 다음에는 제가 꼭 사겠습니다."

"아니야, 나중에 너 후임 들어오면, 그 친구한테 사줘."

나는 아직도 생생하게 기억하고 있었다. 일병의 후반으로 접어들었을 무렵, 엄마와 누나와 면회 외박을 나간 적이 있다. 그때는 우리 1중대가 위병소 근무를 담당하고 있었고 외박을 나가기 위해서는 위병소를 지나야 했는데, 위병소 안에 있는 사람이 내 선임인 것을 안 엄마는 자신이 가지고 있는 모든 간식을 그들에게 건넸다. 그리고 본인의 아들뻘에게 우리 인호 잘 좀 부탁드린다고 하였다. 지호의 엄마도 나에게 그런 마음이었을까. 지호에게 물어볼 수는 없었다. 내가 아는 건 모두가 누군가의 아들이라는 사실뿐이었다.

나는 이 일정한 궤도 없이 맴도는 마음을 잊으려 엄마에게 전화를 했다. 엄마는 늘 그렇듯 두 번의 통화연결음이 지나가기 전에 내 전화를 받았다. 나는 엄마에게 그동안 있었던 일을 말했다. 엄마의 반응은 내 마음의 빈틈을 정확히 파고들었다.

"아들, 요즘은 군대 이야기만 하네? 아들한테는 일본어랑 글쓰기가 더 중요한 거 아니야?"

그때 나는 차마 인정하고 싶지 않았던 나의 마음을 인정해야 했다. 내 안의 우선순위가 뒤바뀌고 있던 것을 직시해야 했다. 그러나 섭섭한 마음이 들기도 했던 것은 사실이었다.

변화가 필요한 순간에, 이사를 하게 되었다. 아무런 도구 없이 인간의 힘으로만 모든 이삿짐을 옮기는 건 고역이었다. 어떤 훈련보다도 육체적 강도가 높았다. 역시나 피라미드는 인간이 만든 게 분명했다. 그래도 끝나지 않는 일은 없었다. 새로운 집에서의 첫날에 나와 성은이는 헌 집을 내려다보았다.

"여기서 보니까 진짜 돼지우리 같네."

저기서 9개월가량을 살았다는 것이 하나의 업적같이 느껴졌다. 앞으로 어떤 곳에서 살아가던, 이 경력이 빛을 발할 것이었다.

"그래도 좋았어, 나는."

성은이의 대답은 나를 놀라게 만들었다. 이런 반응을 보인 것은, 성은이뿐만이 아니었다. 첫날부터 컨테이너 시절을 그리워하는 사람들이 여럿 있었다. 그들은 벌써 그곳으로 돌아가고 싶어 했다.

다만, 나는 절대로 그들의 의견에 동의할 수 없었다. 모든 것이 나아졌다. 이제는 개인 침대에서 잠을 잘 수 있고, 매일 청결한 화장실과 샤워실을 이용할 수 있었다. 단수가 될 걱정을 하지 않아도 되었다. PX는 같은 건물에 있어서 자주 드나들 수 있었고, 냉방과 난방도 잘 구비되어 있었다. 그런데, 그들은 컨테이너만의 감성이 이 모든 것을 상쇄시킨다고 말하였다. 그들에 의하면 결국 과거는 언제나 그리운 것이었다.

그날 밤에는 이전과 다른 마음으로 일본어 단어장을 펼쳤다. 의무감 때문에 단어를 외우고 싶지는 않았다. 일본어 시험의 결과를 받아들인 것은 꽤 오래전이었다. 다만 그때는 많은 일이 닥쳐올 때라 그에 대해 생각할 겨를이 적었다. 결과만 따져봤을 때는 실패에 가까웠다. 다만, 나는 진정으로 그 안에서 가능성을 볼 수 있었다. 그리고 그동안 내 일본어 실력이 향상됐다는 것은 부정할 수 없는 사실이었다. 그래서 실패에 대한 아쉬움보다 '할 수도 있겠다.'라는 자신감이 더욱 컸다. 그래서 다음 시험은 한 단계 높은 수준으로 접수했다.

정신 전력 교육 때 받은 외박이 두 개나 되었기에, 한 개는 일본어 시험에, 한 개는 다가오는 나의 생일 때에 쓰기로 했다. 마침 주승이가 내 생일쯤에 휴가를 쓴다고 하여서, 우리는 그날을 같이 보내기로 약속했다. 아득해 보였던 날들이 조금씩 보이기 시작했다. 이사를 하고 한동안은 연등을 할 수 없었다. 사지방과 여러 편의 시설들이 정리가 덜 된 탓이었다. 하루이틀이면 견딜 만도 했지만, 한 달이 넘어갈 수도 있다는 말에 나는 그동안 행정반에서 공부와 글쓰기를 이어갔다.

최영호 병장도 전역을 하게 되었다. 그가 떠나는 것은 아쉬웠지만, 운이 좋게도 그의 마지막 불침번 근무를 같이 서게 되었다. 늘 웃음을 달고 사는 그였지만, 그때는 웃음이 얼굴에서 한순간도 떠나질 않았다.

"최영호 병장님, 그렇게 좋으십니까?"

"인호야, 너도 곧 알게 될 거야. 아 그리고, 조금 늦은 감이 있긴 하지만, 그냥 반말해."

나는, 결국 마지막까지 미루게 된 질문을 그제야 그에게 건네었다.

"영호야, 뭐 하나만 물어봐도 돼?"

"전문하사 할 생각 없냐는 질문 빼고는 다 해도 돼."

"왜 이렇게 일찍 왔어. 스무 살 되자마자 온 거 아깝지 않아?"

"대학도 안 가는데, 군대라도 가야지."

"대학은 아예 안 갈 생각이야?"

"굳이, 필요하나 싶어. 대학 가야지만 잘 먹고 잘 사는 거 아니잖아."

그는 마지막까지 최영호다웠다. 나는 그를 항상 응원하게 될 것 같았다.

"인호야, 나도 뭐 하나 물어봐도 되냐?"

"나도 전문하사 질문 빼고는 다 괜찮아."

"넌 왜 일본어를 공부하냐? 글도 왜 쓰는 거야?"

나는 그의 질문에 잠시 얼어붙었다. 아직 깊게 생각해본 적이 없는 질문이었다. 공백이 길어지는 것을 막고자 나는 대충 생각나는 대로 대답했다.

"좋아해서 시작한 건 아니야, 어떻게 하다 보니까 좋아진 거지."

그 대답은 진심이 아니었다. 불침번 근무가 끝나고 나는 그 질문에 대해 한참을 고민했다. 그러나 그에 대한 답은 하루 만에 알게 되는 것이 아니었다.

새로운 집에서의 생활은 늘 새로웠다. 이전에 없었던 것이 나를 채워주었다. 침대, 신발장, 넓은 생활관은 나에게 과분할 정도로 즐거웠다. 새로운 막사와 함께 보내는 여름이라면 두렵지 않았다. 그러나 여름이 되었기에 또 다른 변화들이 생겨났다.

최영호 병장을 필두로, 나의 맞선임 군번이 모조리 전역을 앞두고 있었다. 뒤를 돌아보니 어느새 후임들도 많이 들어와 있었다. 지호까지는 그래도 관심이 있었는데, 그 이후에 들어온 후임들은 이름조차 몰랐다. 이제는 그럴 필요를 느끼지 못했다.

상병 3호봉 무렵부터, 더 이상 군대에 관해서 배울 것이 없다는 생각을 하게 되었다. 이곳에서 필요하다고 여겨지는 모든 방법을 알고 있었다. 이제부터는 시간이 지나가기만 하면 되었다. 최소한의 몰입만을 하기로 결정했다. 그로 인해 남는 힘을 다른 곳에 쏟아붓기로 했다.

일본어 시험 날에 맞추어 나는 다시 한번 외박에 나섰다. 다만, 이번에는 혼자 나올 수 있었다. 주승이가 대대장에게 전우조의 폐지를 건의했고, 대대장이 이를 받아들여 더 이상 공병대대에 전우조가 존재하지 않게 되었다. 놀라운 변화였다. 일본어 시험은 일요일에 있었기에, 토요일은 하루 종일 숙소에 있었다. 세상과 동떨어진 작은 섬은 나만의 우주 같았다. 잊지 못할 하룻밤을 보낸 뒤에 나는 나의 일본어 능력을 시험하러 시험장으로 들어갔다.

그러고는 좌절하며 나왔다. 시험지를 채우고 나오긴 했지만, 시험을 보는 도중에 나는 내 실력이 절대적으로 부족하다는 것을 알 수 있었다. 이는 곧바로 나에 대한 분노와 혐오로 파생되었다. 부대로 복귀하고 나서도 이 감정에서 벗어나지 못했다. 시험지를 보면서, 두려움을 느낀 것은 처음이었다. 나는 그 감정을 회귀하며 나의 지난 1년으로 되돌아갔다.

지구가 태양을 한 바퀴 도는 동안, 나는 뭘 했던 걸까. 중심에 다다르고 있다고 믿었는데, 아직 나는 둘레를 따라 걷고 있었다. 1년 전의 나를 볼 면목이 없었다. 365일 동안의 내 방향이 앞을 향해 있지 않을까 봐 두려웠다. 내가 갖고 있는 자신을 모두 잃어버릴 것만 같았다. 하지만 그럼에도 지구는 계속해서 태양을 돌고, 원의 둘레는 그대로였다. 그것이 그나마 위안이 되었다.

부정적인 감정은 그날로 끝내야 했다. 최영호에게서 배운 것이었다. 그 덕분에 나는 혐오의 늪에서 1년 전보다 빠르게 헤어 나올 수 있었다. 그러고는 다음의 일을 다시 계획했다. 지나간 일을 붙잡는 것보다 현명한 방법이었다. 그렇게 나는 회개하는 심정으로 일본어 책을 다시 펼쳤다. 어쩌면 그 책이 내게는 성경이었다.

나의 마음처럼 부대도 한창 바쁜 시기를 보내고 있었다. 새로운 막사로의 이전은 마무리되었지만, 아직 정비해야 할 게 너무나도 많았다. 사지방의 자리 배치부터, 식사장으로 가는 길까지 하나부터 열까지 우리는 다시 정해야 했다. 심지어 영상 감시 근무도 있었다.

어느새 상병을 목전에 둔 주승이가 쾌활한 표정으로 생활관 안으로 들어왔다. 몹시 기분이 좋아 보였다.

"야 강인호, 너 좆됐다. 밖에 비 존나 와. 탄약고로 얼른 꺼져버려."

그의 거친 입은 초반에는 가시 같았지만, 시간이 지날수록 간지럼을 태웠다.

"응, 그거 네 희망사항이야."

"응, 당직사령이 방금 말했어."

나는 근무표를 확인했다. 원래라면 지호와 번갈아 가며 영상 감시를 하는 것이지만, 비가 오면 직접 탄약고로 향해야 했다. 인초에 가까운 그곳은 공기에 스며들어 있는 여름과 비로 인한 습기가 조화를 이루어 모기와 풀벌레가 자주 놀러 왔다. 땀으로 목욕을 하는 것은 덤이었다. 그래도 같이 근무에 들어가는 사람과 2시간 동안 깊은 이야기를 할 수 있는 흔치 않은 기회이기도 했다. 나는 지호와 같은 조였다.

새벽이 깊지 않았을 때 누군가가 나에게 조심스럽게 다가왔다.

"강인호 상병님, 일어나셔야 합니다."

그는 나의 몸에 손을 대지 않으려고 안간힘을 썼다. 나는 항상 근무 시간 전에 눈이 저절로 떠졌기에 그 모습을 그대로 볼 수 있었다. 나는 곧바로 전투복으로 갈아입고 장구류를 착용했다. 이 모든 것을 하는 데에, 이제는 5분도 걸리지 않았다. 밖으로 나갔더니, 복도에는 불침번밖에 없었다. 내가 지호보다 먼저 나온 것을 확인한 그는 재빠르게 나에게 달려왔다.

"지호한테 빨리 나오라고 합니까?"

"아니야, 됐어."

나는 복도에 놓인 냉장고에서 웰치스 두 캔을 꺼내 주머니에 담았다. 곧이어 지호가 나왔고 우리는 같은 우산 아래에서 탄약고로 향하였다. 묵직한 전투화가 비를 머금은 땅에 닿을 때마다 듣기 좋은 소리가 났다. 탄약고에서 나는 주머니에서 웰치스를 꺼냈다. 그러고는 지호에게 건네었다.

"선물이야."

"감사합니다."

그는 졸리어 하면서도 나를 의식하는 탓인지 계속해서 자신의 허벅지를 꼬집었다. 그의 모습이 측은하기도, 귀엽기도 했다.

"야, 됐어. 졸리면 웰치스나 마셔."

"강인호 상병님은 안 졸리십니까?"

"나까지 졸다가 무전 놓치면 우리 바로 징계야. 나라도 멀쩡하게 있어야지."

적막한 산중에 울리는 매미 소리가 꼭 선율 같았다. 이 장면만은 전역을 하고 나서도 내 기억 속에서 살아 있을 거라는 확신이 들었다.

"예전부터 느낀 건데, 강인호 상병님은 좋은 사람인 것 같습니다."

"그렇게 말해주니 고맙네, 근데 나 네가 생각하는 것만큼 좋은 사람 아니야."

"솔직히 저는 놀랐습니다. 군대는 매일 맞고 욕먹는 곳이라고 생각했습니다, 영화나 드라마 보면 다 그렇지 않습니까. 그래서 어느 정도는 각오를 하고 왔는데, 선임분들이 잘해주셔서 진짜 다행입니다."

"어딘가는 영화보다 더하겠지. 그래서 군대가 좋아졌다고 함부로 말할 수가 없는 것 같아. 고민 같은 건 없어?"

새벽이 진해질수록, 우리의 얘기도 짙어져 갔다. 근무를 할 때마다 늘 시간의 속도가 느려 미웠는데 오늘만큼은 정반대였다.

"저는 첫 휴가를 어떻게 써야 할지가 고민입니다. 4일은 너무 짧은 것 같고, 그렇다고 연가 붙여서 길게 나가면 나중에 후회할 것 같습니다."

"중대한 고민이네. 첫 휴가 정도는 길게 나가도 괜찮아, 휴가야 벌면 되니까."

지호는 그 말까지 자신의 수첩에다 옮겨 적었다.

"강인호 상병님, 매일 연등 하면 안 피곤합니까? 저는 저번에 한 번 했다가 다음 날에 피곤해 죽을 뻔했습니다."

"피곤하지. 근데 잠만 자다가 전역하는 건 좀 아깝잖아."

어느새 다음번 근무자들이 교대를 준비하고 있었고 나와 지호는 막사로 돌아갔다. 근무가 끝나는 게 아쉬운 건 처음이었다. 나는 당직 사관에게 부탁해 땀이 가시지 않은 몸을 씻기고 남은 잠을 잤다.

아침부터 부대 앞에는 버스들이 일렬로 주차되어 있었다. 군대와 축제는 어울리지 않는 단어였지만 그때만큼은 소풍 가는 날의 초등학생으로 돌아가 있었다. 축하 공연이 있다는 말에 나와 주승이는 누가 올지에 대한 서로의 예측을 공유했다.

"아 진짜 걸그룹 한 번만 왔으면 좋겠다."

"네가 걸그룹이라면 오겠냐? 또 어디 군악대 같은 데에서 오겠지."

나는 그 버스에 올라타고 행사장으로 향했다. 부대에서는 평소보다 복장과 용모를 더 단정히 하라는 지시가 내려왔다. 나는 창밖으로 울타리 바깥세상을 마음껏 구경했다. 사실 이제는 익숙한 풍경이기에 새로울 것은 거의 없었다. 재방송을 보는 기분이었지만 검은 화면보다는 재미있었다. 버스는 곧 행사장에 도착했고 나와 주승이는 행사장 앞자리에 나란히 앉았다.

결국 주승이의 예상이 맞았다. 군악대는 이런저런 무대를 보여주었지만 생방송이라고 전부 재밌지는 않았다. 그래도 박수는 열심히 쳤다. 그들이 내려가고 무대 위에는 용사 한 명이 올라왔다. 그는 그의 군 생활 이야기를 우리에게 전파했다.

"사실 저는 이런 생각을 합니다. 단순히 군대에 오길 잘했다가 아니라, 내가 군대에 안 왔더라면 이런 사람이 될 수 있었을까? 제가 입대를 했을 때 저는 몸무게도 많이 나가고 특급전사 같은 것은 꿈도 꾸지 못했습니다. 그런데 군대에 와서 매일 5km씩 꾸준히 뛰니까 특급전사를 달게 되었습니다.

이뿐만이 아닙니다. 저는 군대에 와서 벌써 50권이 넘는 책을 읽었습니다. 여러분들 막사에도 좋은 책들이 많이 꽂혀 있을 겁니다. 그리고 앞으로 50권을 더 읽어서 100권을 채우고 전역을 하는 것이 저의 목표입니다."

주위에서는 박수가 쏟아졌지만 나는 그들을 따라 하지 않았다. 발표를 듣는 내내 의문이 들었던 것이 그 이유였다.

그가 자신의 군 생활을 긍정적으로 생각한다는 것은 존중했다. 멋지다고도 생각했다. 하지만 꼭 저런 것들을 해야지만 좋은 군 생활이라는 것에 대해서는 동의할 수 없었다. 여기 있는 모두가 저마다의 역사를 가지고 이곳에 왔다. 겉으로 봤을 때는 모두가 똑같은 오늘을 사는 것처럼 보일지라도, 그 속은 본인밖에 모르는 법이었다. 그래서 그게 정답이라고 쉽게 인정하고 싶지 않았다.

나도 책을 많이 읽어야, 운동을 해서 몸이 좋아져야 좋은 군 생활이라고 생각하던 때가 있었다. 그날도 그 생각에서 완전히 벗어나지는 못했었다. 그러나 이곳에서 1년 가까이 지내고는 어렴풋이 알 것 같았다. 버티는 것만으로도 자라는 나날이 있었다. 그 정답은 남이 아닌, 오로지 본인만이 적을 수 있었다.

그날은 당직 근무가 있어서 일과 시간이 끝나고도 환복을 할 수가 없었다. 그래서 나의 주머니 한쪽에는 수첩이, 다른 쪽에는 지갑이 그대로 있었다. 요즘 들어서 당직 근무에 투입되는 횟수가 눈에 띄게 늘었다. 선임들은 전역을 하고 후임들은 당직 근무에 들어가기에는 아직 일렀다. 어쩌면 견장의 무게일 수도 있었다.

모두가 잠든 밤에, 나는 조용히 수첩을 폈다. 당직 근무에는 일기장을 가져올 수 없기에 수첩에다 그날의 일기를 대신 적고 다음 날에 그걸 일기장에 옮기는 작업을 거쳐야 했다. 귀찮음이 수반되는 것도 사실이었지만 그날과는 다른 마음으로 그 일기를 들여볼 수도 있어서 좋아하는 작업이었다.

2024/08/01

확실히 여유가 생긴 것을 실감하고 있다. 유대성 병장과 내가 7개월 차이였는데, 그 사람이 집에 가고 이제 들어오는 후임들이 나랑 9개월 정도의 차이가 나는 것을 보면, 나도 많이 했다는 생각이 든다.

그래서 이제는 내가 좋아하는 것을 더 사랑하고 싶다. 일본어 공부는 늘 어렵지만, 언젠간 나아지기를 막연하게나마 기대하며 채워가고 있다. 아직 읽고 싶은 책이 많이 있다는 건 다행이다. 다만, 이제는 독서의 양이 아닌 질에 대해서도 고민을 해야 할 시기가 아닌가 하는 생각이 든다.

하지만, 늘 최선일 수는 없는 것 같다. 어쩌면 1년 동안 가장 내게 와닿은 말인 것 같다. 내 뜻대로 풀리지 않는 날이 더 많을지도 모른다. 하지만 이럴 때일수록, 조급해하지 말자.

1년 전의 나와 지금의 나를 비교했을 때, 분명 내가 원하는 나에 더 가까워졌다. 아직 부족한 점이 여럿 보이지만, 1년 동안의 나를 나라도 칭찬해 주고 싶다. 이제는 앞으로의 1년을 준비해야 한다. 중요한 건 내가 정한 속도와 방향을 유지하는 것이었다.

하루를 정리하는 일기를 써도 기상나팔이 울리기까지는 6시간 가까이 남아 있었다. 나는 그동안 밀린 생각을 정리하려 수첩을 뒤적였다. 좀처럼 떠오르지 않았다. 나는 새 종이에 전역을 하고 난 뒤의 계획을 어림잡아 보았다. 아직 막연한 날 같았지만, 이전보다는 현실에 가까워진 꿈이었다. 아직 도착하지 않은 날들을 그려보며, 나는 다시 둘레를 따라 걷기 시작했다.

수첩을 도로 주머니에 돌려놓고는 행정반 밖을 기웃거렸다. 때마침 성은이가 불침번이었다. 나는 그 시간이 선물 같았다.

"취사 지원 할 만하냐?"

성은이는 취사 지원을 하고 있었다. 취사 지원이란 취사병들을 도와서 일과 대신 취사병 업무를 한다고 생각하면 되는데, 남들보다 일찍 일어나고 개인 정비 시간도 보장을 못 받기에 모두가 탐내는 기회는 아니었다.

"휴가받으려면 좆같아도 해야지. 그래도 작전보다는 훨씬 낫잖아."

이등병으로 만난 우리는 어느새 병장을 바라보는 입장이 되어 있었다. 우리는 오랜만에 과거를 여행하다 각자의 자리로 돌아갔다.

다음날 성은이는 양팔에 붕대를 감고 생활관으로 돌아왔다. 잠이 덜 깬 나는 깜짝 놀라 성은이에게 무슨 일이냐고 물었다.

"군사경찰 애한테 소스 통을 건넸는데, 씨발 그 새끼가 똑바로 안 잡아서 내 쪽으로 쏟아졌어."

"너 샤워는 어떡하냐."

"네가 도와줘야지, 혼자서는 못 해."

그가 두 손을 잃었기에 내가 그의 손이 되어줘야 했다. 다행히 귀찮음보다는 즐거움이 더 컸다. 신병 시절로 돌아간 듯한 느낌도 들었다. 그렇게 하루하루 그의 상처가 아물었다. 그가 붕대를 풀자 달력에는 가을바람이 불기 시작했고, 달력은 9월로 넘어갔다. 9월은 내게 언제나 특별한 달이었다. 서른 개 숫자 중에서도 17일이 가장 소중했다.

이번 9월 17일은 감사하게도 토요일이었다. 나는 아껴두었던 외박을 그날에 맞추어 신청했다. 주승이는 그 주에 휴가를 신청했다. 그는 내게 하고 싶은 게 있냐고 물었다. 나는 술을 먹고 싶다고 대답했다. 그는 내게 어디에 가고 싶은지 물었다. 나는 용산에 가고 싶다고 대답했다. 그리고 학교에도 꼭 가고 싶었다.

그래서 우리는 철저하게 계획을 세웠다. 1분 1초도 허투루 써서는 안 되었다. 나는 마치 수학여행 날을 기다리는 고등학생처럼 17일이 되기만을 기다렸다. 시간에 가속도가 붙기를 간절히 바랐다. 하루 전날인 16일에 나는 1년 전의 일기를 다시 읽어 보았다. 글자 하나하나를 읽을수록 나는 그날을 더 깊이 체험할 수 있었다. 그 일기의 마지막 줄에는 나의 작은 소망이 적혀 있었다.

'내년에는 제발 생일을 밖에서 보내고 싶다.'

나는 그 아이의 소원을 들어줄 수 있었다.

기상나팔이 울리기 한참 전에 나는 눈을 떴다. 외박 준비를 하고 곧바로 밖으로 나갔다. 그리고 주승이가 준비한 차를 타고 서울로 향했다. 그는 운전병답게 안정적인 운전을 선보였다.

"야, 너 복학 바로 하냐?"

학교로 향하는 길에서 그가 내게 물었다.

"아니, 한 학기는 집에 있으려고."

"왜? 언제는 당장 학교 가고 싶다며."

"지금도 가고 싶어, 근데 집에 먼저 가야 할 것 같아."

문득 내가 역행하고 있음을 알게 되었다. 1년 전에 파주로 향하던 길을 나는 거스르고 있었다

오랜만에 돌아온, 그리고 머지않아 돌아갈 학교 구경을 하고 그 근처에서 밥을 먹었다. 카페에도 들러 생일

기념 케이크도 먹었다. 원하는 것을 모두 이룬 나는 가벼운 마음으로 용산으로 갈 수 있었다. 용산은 내게 있어 사진첩 같은 공간이었다. 서울로 상경해 대학에 다니던 시절부터 선모와 밤을 지새웠던 첫 휴가도, 엄마랑 누나와 새겨뒀던 외박도, 민지와의 마지막 약속도 이곳 용산에 남아 있었다. 이제는 또 하나의 잊지 못할 사진 하나를 추가했다.

나와 주승이는 부대에서만큼 말을 많이 하지 않았다. 부대에선 느끼지 못한 낯선 어색함이 감돌았다. 하지만 그래서 더 편안했다. 그와는 이제 억지스러운 대화가 필요 없었다. 우리는 그곳에서 저녁을 먹고 근처 펍에서 술도 마셨다. 밖이 어두워지자 금세 졸려왔고, 우리는 숙소로 돌아가 남은 하루를 마무리했다. 생일이 거의 끝나갈 때가 되어서야 나는 생일 축하 연락들을 확인했다. 신기했다. 미처 예상하지 못한 사람들에게도 메시지가 와 있었다. 그들에겐 고마움보다 미안함이 앞섰다.

2024/09/17

이날이 어떨지 1년 동안 정말 궁금했는데, 다행히도 좋은 날이었다.

그리고 생각이 늘어나기도 했다. 특히 나에게 늘 잘해주는 사람과 잊었다고 생각한 사람들에게 고마우면서 미안했다. 이제는 마음을 주는 사람이 되고 싶다. 내가 나의 마음을 찾았다고 생각했는데, 아직은 과정에 있는 것 같다. 하지만 이렇게라도 내 마음을 들여다볼 수 있어서 다행이다.

내 마음을 주는 것이, 내 마음에 있는 언어를 꺼내는 것이 절대 부끄러운 일이 아닌데 겁을 먹었던 것 같다. 자꾸 핑계들을 찾으러 돌아다녔다.

그럼에도 확실한 건 1년 전보다는 많은 게 나아졌다고 확신한다. 앞으로는 더 그러겠지.

폭풍 전 바다를 나는 것 같다. 이상하리만치 고요한 날들이 이어지고 있다.

난기류

10월이 되었다. 병장을 달았다. 일병 때는 병장이 되면 어떤 기분일지 매일 상상하곤 했는데, 막상 병장이 되니 기대만큼의 감흥은 없었다. 그래도 마지막 단계에 이르렀다는 성취감만은 분명했다. 어느새 부대에서 최고참이 되어 있었다. 그 많던 선임들은 하나둘씩 사라지더니 아예 자취를 감추었다. 대신 그들의 흔적만이 내 기억 속에서 숨을 쉬었다.

당연하게도 작전은 계속되었다. 작전 일수 45일을 달성하면, 사단에서 이름을 남겨주는 제도가 있었다. 이에 대한 욕심이 없었지만 45라는 숫자에 가까워질수록 기록을 의식하게 되었다. 나의 목표는 작전 최다 기록을 갱신하는 것이었다. 50이라는 숫자도 가시권에 있었다.

그렇기 때문에 내 날들은 작전을 나가는 날과 작전을 나가지 않는 날로 구분되었다. 병장이 되고 나서야 보이는 게 생겼다. 마음이 편해질수록 판단력은 흐려지고, 행동에는 늘 대가가 존재했다. 군기교육대에 전역 임박자가 가장 많은 이유도 이것 때문일 거라 생각한다. 일과 시간에 간부들의 눈에 최대한 띄지 않기 위해서라도 작전에 나가야 했다.

작전지로 향하는 차 안에서 나는 후임들이 내 눈치를 보고 있다는 것을 눈치챘다. 그들은 내가 이전에 했던 행동을 그대로 재현했다.

"강인호 상병님. 아 죄송합니다, 강인호 병장님. 오늘 탐지는 저랑 지호가 오전 오후 이렇게 하겠습니다."

그래도 그들은 동기와 함께 작전에 나갈 수 있었다. 나는 그 점이 가장 부러웠다. 내 몸 하나 챙기기도 벅찬 작전지에서마저 후임 노릇을 하는 건 탐지를 하는 것만큼이나 힘들다.

"아니야. 오늘은 집에 빨리 가고 싶으니까, 내가 오전 오후 둘 다 할게."

“그래 오늘 지형 겁나 빡세니까 인호가 하고 다음부터 너네가 해.”

운전을 하고 계시던 정 중사님은 다행히 나의 손을 들어 주셨다. 이제는 아무런 생각 없이 탐지복을 입었다. 아직도 지뢰를 직접 본 날의 일기를 읽을 때면 온몸이 떨려오지만, 그날은 나에게 희미해져 있었다. 사건만이 남았고 모든 느낌과 감정은 버렸다. 대신 절대로 남지 말아야 할 안일함만이 있었다.

“나 집 가면 너네들이 다 해야 하니까, 잘 보고 배워.”

탐지복에는 방탄 플레이트를 넣지 않기로 타협했다. 작전할 때 불편하기 때문이었다. 전용 헬멧 대신에 방탄 헬멧을 쓰기로 타협했다. 작전할 때 거슬리기 때문이었다. 그래도 탐지기만은 아직도 타협할 수 없었다. 그것의 민감도가 나의 앞날을 결정하기 때문이었다.

그날은 불발 수류탄 하나를 발견했다. 분명 나를 죽일 수 있는 힘이 내재된 강력한 물건이지만, 아무런 느낌도 들지 않았다. 그저 나는 폭발물 처리반이 한시라도 빨리 오기를 기다렸고 그 시간을 활용해 작전지에서 잠까지 자는 경지에 이르게 되었다. 예상대로 그 물건은 힘을 잃어버린 상태였고 작전은 얼마 안 가서 종료되었다. 이유는 듣지 못했다. 단지 급한 일이 생겼다고만 알려주었다.

부대로 돌아가는 차 안에서 우리는 그 일에 대해 추측해 보았다.

"사단장님 기분이 좋으셨나?"

정 중사님의 의견은 꽤나 설득력이 있었다.

"전쟁 나는 거 아닙니까?"

지호의 말은 설득력이 있으면 안 되었다.

"근데, 이상한 게 전투차량들을 바깥으로 빼더라고. 웬만해서는 안 그러거든? 뺄 이유가 없잖아."

나는 내 의견을 따로 말하지 않았다. 이유가 뭐든 간에 그저 작전이 빨리 끝났다는 것이 더 중요했기 때문이었다.

"맞다, 3중대에서 누구 마편 찔렀대."

"혹시 그 친구입니까?"

나는 기억하고 있었다. 경찰차에 태워진 그들은 내가 익히 아는 얼굴들이었다. 같이 공을 차고 오며 가며 나에게 반갑게 인사를 하던 그들이 악마처럼 보였다. 그들이 사라진 공간에는 남겨진 이의 얼굴만이 남아 있었다.

"아, 그 신고한 애? 걔는 아니고 걔보다 늦게 들어온 애라고 하던데."

우선은 다행이었다. 나는 맞아 봤으니까 누군가를 때

려도 된다는 순환의 고리는 재앙의 씨앗일 뿐이었다. 다만 그냥 폭력을 휘두르는 사람이 있다는 게 괘씸하게 느껴졌다.

"아, 그리고 우리 중대는 1303이 나왔다는데?"

"1303 말입니까?"

"어, 그래서 복귀하면, 중대 분위기가 많이 안 좋을 수도 있어. 너네들도 조심해라, 찔리면 본인만 손해다."

1303이라는 숫자가 머리를 스치자 생각나는 사람은 한 명이었다. 그 이름이 아니길 바랐다. 부대에 가까워지고 있었고, 예감은 입을 다문 채 나를 따라왔다. 중대의 분위기는 평소보다 어수선했다. 3중대 인원은 그날 바로 타 부대로 전출되었다. 평소 3중대 보급관과 사이가 안 좋았던 것도 한몫을 한 것 같았다. 나는 평소와 다를 것 없이 샤워를 하고 사지방에서 개인적인 시간을 쌓았다. 그러면서도 앞으로 일어날 일에 대한 불안감이 엄습해 오는 것을 느꼈다. 연등까지 마치고 생활관으로 돌아갔다. 주승이와 의준이가 아직 깨어 있었다. 그들은 책상에 앉아 서로를 마주 보고 있었다. 나는 그들의 옆자리에 앉았다.

"안 자냐?"

주승이는 내가 처음 보는 표정을 짓고 있었다.

"아무리 생각해도 나인 것 같아."

"아닐 수도 있지, 후임들끼리 싸운 걸지도 모르잖아."

내 앞에 앉은 의준이의 얼굴에도 그림자가 보였다. 어두운 생활관 덕에 아주 진한 검은색이었다.

"솔직히 강 병장님은 찔릴 거 없지 않습니까, 저랑 맹상병님은 상황이 다릅니다."

그의 말에 나는 참여자에서 관전자로 역할을 바꾸었다.

"야, 의준아. 네 생각에는 누구인 것 같냐?"

"솔직히 이시현인 것 같습니다."

"내 생각에도 걔 말고는 떠오르지 않아."

나도 알고 있는 이름이었다. 그런데 솔직히 예상은 하지 못한 이름이었다.

"이시현이랑 너네 잘 지냈잖아, 장난도 치고."

"그건 그거고, 운전병이라는 새끼가 운전을 좆같이 못하니까 좀 닦았지."

그는 그 순간까지도 욕을 놓지 못하였다.

"욕 많이 했어?"

"많이 했지, 근데 찌를 거라고는 생각 못 했어."

"일단 오늘은 늦었으니까 자자."

눈을 감았지만 나에게는 해치워야 할 것들이 아직 남아 있었다. 우선은 이시현과 나의 모든 접점을 떠올리기 위해 시간을 거슬러 가야 했다. 그가 전입 왔을 때, 유독 경직되어 있던 모습을 보고 이런저런 질문을 했던 것이 생각났다. 내 생각에는 문제가 될 내용이 없었지만, 그건 나의 의견일 뿐이었다. 그날은 내일이 오지 않았으면 했다.

하지만 가끔은 야속하게 느껴질 정도로, 시간은 늘 정직했다.

다음 날 아침에, 일과 전 집합 때문에 전 중대원이 모여 있었다. 나는 휴가 신청을 하기 위해 잠시 행정반에 들러야 했다. 보급관님은 출근하시자마자 분주하게 종이를 찾고 있었다.

"야, 강인호."

"그렇습니다."

"너네 동기 라인 몇 명이냐?"

"5명입니다."

"하, 씨발 골 때리네. 진의준이도 너네 동기인가?"

"의준이는 1월 군번이어서 후임입니다."

"알았어, 가봐."

나는 대열에 합류하면서 이시현이 있는 곳을 쳐다보

았다. 그는 고개를 푹 숙인 채 땅만 바라보고 있었다. 곧 이어 보급관님이 나오셨다.

"맹주승, 진의준 행정반으로 들어가. 그리고 호명하는 사람은 아래 취식실로 내려가라."

안타깝게도 그 명단에는 내가 포함되어 있었다. 하지만 나와 같은 걸음을 하는 이들로 미루어 보았을 때 결코 문제가 있는 부류는 아니었다. 나는 커져가는 불확실만을 속에 품은 채 취식실로 들어갔다. 그곳에는 정 중사님이 계셨다. 자리에는 종이와 펜이 놓여 있었다.

"맹주승과 진의준이가 이시현에게 욕을 한 것을 본 적이 있는 사람은 이 종이에다 너네들이 보고 들은 모든 것을 적으면 된다. 그리고 한 명씩 밖에서 이야기할 거니까, 허튼짓 하지 마라."

그 종이에는 진술서라고 적혀 있었다. 나는 그 종이의 무게를 알고 있었다. 그 종이가 나를 짓누르기 시작했다. 한참을 고민했다. 주승이와 의준이가 욕을 한 것을 본 적이 없는 것은 아니었다. 특히 주승이의 거친 입은 누구에게나 공평했다. 나도 예외는 아니었다. 하지만 이시현에게 욕을 한 것을 보지는 못했다. 그것만은 확실했다. 그런데도 나는 내가 가진 말이 진실인지 확신할 수 없었기에, 펜을 쉽사리 들지 못했다. 그때 정 중사님이 나를 부르셨다. 나는 그와 취식실 밖으로 나갔다.

"인호야, 일단 너는 참고인이야. 네가 이 일에 직접적으로 연루된 건 없어."

그 말을 듣고 가장 먼저 밀려온 건 다행이라는 파도였다. 그리고 나에 대한 역겨움이 밀려왔다. 그렇지만 이것들을 밖으로 내보낼 수는 없었다. 나는 그저 정 중사님이 하시는 말에 집중했다.

"너 여기 사람한테는 관심 없잖아, 뭐 할 말 있어?"

"딱히 없습니다."

그러고는 다시 종이 앞으로 돌아왔다. 한참을 고민하다 나는 나의 결심을 잉크에 담았다.

'맹주승 상병이 이시현 일병에게 직접적으로 욕설을 한 것은 본 적 없다.'

나는 '직접적으로'라는 단어에 나의 죄책감을 숨겼다. 그리고 그게 최선이라고, 스스로를 합리화했다.

생활관에 들어서자마자 침체되어 있는 대기가 손에 닿았다. 주승이 혼자만 의자 위에 덩그러니 놓여 있었다. 그도 종이에 무언가를 열심히 적고 있었다.

"야, 뭐라고 적었냐?"

“내가 본 게 있어야 적지. 보급관님이 뭐래?”

그의 인중 위로 수염이 자라 있었다. 며칠 동안 아무것도 정리되지 않은 채 그대로였다.

“너무 늦은 것 같대.”

“바로 날아가는 거야?”

“이시현이가 일기장을 제출했더라고, 그 일기를 읽어줬어. 근데 이 씨발 새끼가 없는 것까지 지어내서 거의 소설 하나를 썼더라고.”

“일기장?”

“내가 말한 건 다 인정했어, 그래서 뭐 그렇게까지 억울하지는 않아. 근데 솔직히 너 신병 때도 그렇고, 나 신병 때도 그렇고 이 정도 욕은 먹으면서 군 생활 하는 거잖아.”

“모르겠다, 어렵다 정말.”

“그래서 일단은 무조건 생활관에서 대기하고 있으래, 나도 모르겠다.”

나는 그에게 혼자 있는 시간을 주고 싶어 생활관 밖으로 나왔다. 항상 열려 있어야 할 행정반 문이 굳게 닫혀 있었다. 그 앞에는 선재가 가만히 서 있었다.

“맹 상병님 지금 어떻습니까?”

"좋아 보이지는 않네."

"진짜 날아갈 것 같습니다."

"중대장님이 말하신 거야?"

"지금 일이 저희 생각보다 더 큰 것 같습니다. 파주 얘기도 나오는 거 보면, 진짜 날아갈 수도 있을 것 같습니다."

"그럼 운전은 누가 해?"

"지금 그게 문제인 겁니다. 어쨌든 전출 권한은 중대장 아닙니까, 이제 곧 큰 훈련도 있고 둘을 보내면 1중대는 그냥 멸망인 겁니다."

"너는 어떻게 되었으면 좋겠어?"

"솔직히 이시현 그 새끼 삐리한 거 다 알지 않습니까. 그리고 솔직히 간부들도 저희한테 쌍욕 하면서 이제 와서 그러면 안 된다 이러는 것도 웃깁니다. 솔직히 이렇게 하면 여기 있는 사람 누가 안 찔립니까."

그때 행정반 문이 열리고 의준이가 그곳에서 나왔다. 그는 나를 보고는 멋쩍은 웃음을 지었다. 그날은 일과 시간 내내 생활관에서 대기했다. 기다림에 지친 나는 그 시간에 일본어 공부를 했다. 주승이와 의준이는 내 앞에서 조사에 대한 이야기를 했다. 나는 그 단어들을 흘려듣고 싶었지만, 그건 내 마음처럼 쉽지 않았다. 일과 시간이 끝나고 나는 사지방으로 자리를 옮겼다. 밤이 되고서야 다시 생활관으로 돌아갔다.

그날은 연등을 신청하지 않았다. 이들과의 마지막 밤일 수도 있었기 때문이었다. 그 밤은 모두가 모두에게 솔직해도 괜찮았다.

“아까 낮에는 실감이 잘 안 났거든? 근데 내일 내가 어디에서 자게 될지 모른다고 생각하니까 좀 알 것 같아.”

“저도입니다. 저는 아까 엄마랑 통화하는데, 이걸 말할 수가 없는 겁니다. 그래서 일단은 기다릴 생각입니다.”

“나는 너무 헷갈려, 내가 어떤 선택을 해야 하는지 모르겠어.”

“강인호 병장님, 잘못은 저희 둘이 한 겁니다. 다른 사람이 힘들어할 이유 없습니다.”

“그래 씨발, 너는 가서 일기나 써.”

그렇게 또 하루가 지나갔다.

2024/11/05

나는 무슨 말을 할 수 있을까, 나는 무슨 말을 해야 할까. 이 모든 게 너무 어렵게만 느껴진다. 아직도 잘 모르겠다. 나는 이들을 너무 좋아하는데, 그래서 더 마음이 아프다.

마음을 다잡아야 하는데, 그게 쉽지가 않다. 일본어 공부를 할 수 있는 시간이 많아졌다. 실제로도 많이 했다. 그런데도 전혀 기쁘지가 않다. 나의 도덕성은 어떻게 생긴 걸까. 나름대로 잘 쌓아왔다고 생각했는데, 진술서라는 단어 하나에 무너지는 걸 느꼈다. 그래도 그 선택이 틀렸다고 생각하지는 않는다. 나는 나만의 방식대로 오늘을 떠나보내고, 기억하며, 남은 하루들을 비워내야겠지. 벌써 내일이 온다.

펜을 놓자, 하루가 나를 기다리고 있었다. 주승과 의준을 제외한 이들은 다시 정상적인 일과를 시행했다. 오랜만에 소대 간담회를 진행했다. 소대원들은 다 모아놓으니 그 숫자가 꽤 되었다. 내가 최고참 분대장이었기에 내가 주도해야 했다.

"요즘 힘든 거 있는 사람 있니."

"없습니다."

역시나 예상한 대답이 나왔다. 그래서 그 말을 완전히 믿을 수가 없었다.

"만약 힘든 거 있으면 언제든지 찾아와도 돼. 내가 부담스러우면 또래 상담병도 있으니까, 괜히 혼자 앓다가 병 나지 말고.

"알겠습니다."

"그리고 이건 개인적인 생각이야. 선 · 후임끼리 동기끼리 솔직히 욕 많이 하잖아. 뭐 대부분이 친근함의 표시일 거라고 생각은 하는데, 듣는 사람이 싫다면 싫은 거야. 확실한 애들에게만 하든지, 아니면 그냥 아예 하지 마. 그게 마음 편하잖아."

나는 잠시 말하는 것을 잊었다. 내 앞에 둘러싸여 있는 후임들을 보며 이 말을 꺼내긴 했지만, 내 눈에는 다른 사람이 앉아 있는 것처럼 보였다. 그에게는 직접 말할 수 없기에, 이렇게라도 내 마음을 달래고 싶었다. 하지만 내 마음은 오히려 짐을 더한 것 같았다.

생활관에 돌아오니 주승과 의준이가 책상에 모여 있었다. 나는 약속한 것처럼 그들의 옆자리에 앉았다.

"오늘 뭐 했냐?"

주승이의 수염이 하루 만에 더 자랐다.

"정신 전력이랑, 소대 간담회 했어."

"확실히 일과가 편해졌습니다, 저희한테 고마워하십쇼."

어디선가 유머를 잃는 순간 그 사람은 이미 무너진 것이라는 글을 읽은 적 있다. 다행히도 이들은 아직 자기 자신을 붙잡고 있었다. 하지만 한편으로는 마냥 다행이라는 생각을 할 수는 없었다.

"너희는 뭐 했냐."

"징계 위원회 날짜 잡혔습니다. 저는 다음 주 월요일입니다. 맹 상병님은 언제이십니까?"

"나도 월요일. 보급관님이 너 어떻게 나올 것 같다는 말 안 했어?"

"휴가 짤리는 것보다는 감봉일 확률이 높답니다."

"나는 한 군교대 7일 정도."

솔직히 그 무게에 놀랐다.

"그렇게나 나와?"

"이게, 일단 나랑 걔는 선 · 후임 관계잖아. 의준이처럼 동기 사이의 문제보다 징계 양형 기준이 높아. 거기에다가 이시현이는 아직 전입을 온 지 90일이 안 되어서 전입 신병이란 말이야. 그러면 가중이 붙어. 또 거기에다가 나는 분대장이니까 가중이 또 붙지."

내가 달고 있는 견장의 무게를 분대장을 내려놓기 2주만을 남겨두고 정확히 알게 되었다. 그 견장은 누군가가 어깨에 달아 주는 것이 아니라, 내가 직접 들어 올려야 하는 것이었다.

"그래서 반성문 쓰고 있었어. 맞다 여기 고급 인력이

있었네."

"강 병장님 글 쓰시지 않습니까, 저희 글도 한번 봐주십시오."

어느 순간부터 나는 그들의 부탁을 거절할 수 없었다. 어쩌면, 나의 그 얄팍한 마음이 이들을 이곳까지 끌어당긴 걸지도 모르겠다. 나는 그들의 글을 꼼꼼하게 읽어보았다. 글자 하나하나가 내 심장에 박혀 그것을 도려내는 것 같았다. 그럼에도 나는 마지막 온점까지 읽어냈다. 그러고는 그들에게 문법적 오류만을 짚어주었다. 내용적인 면은 건들고 싶지 않았다.

"근데 저희 다음 주 평일 외출은 어떡합니까."

"뭘 어떡해. 이건 이거고, 그건 그거지."

말은 그렇게 했지만, 그 경계선이 점점 흐려지고 있다는 걸, 나도 알고 있었다. 격렬했던 폭풍이 주말 동안에 잦아들었다. 나는 다시 궤도에 올랐고 내가 해야 하는 일에 집중했다. 주말에 나 말고는 이용하는 사람이 거의 없는 사지방에 이시현이 있었다. 그 공간에 둘만 있었지만, 아무런 대화도 오가지 않았다.

잠깐의 고요 같았던 주말이 지나가고 다시 난기류에 접어들었다. 나는 그들이 어서 생활관으로 돌아오기를 기다렸다. 그렇지만 낙관적인 기대는 하지 않았다. 오히려 최악의 상황을 염두에 두고 마음의 준비를 하고 있었다. 그래야 상처가 덜 남을 것 같았다. 나는 그들과의 첫 만남을 떠올렸다. 그 장면은 아직 내 기억 속에서 어제 일처럼 재생되고 있었다. 그러고는 그들의 오늘과 비교해 보았다. 변화가 있는 건 사실이었다. 어쩌면 변화가 아니라, 감춰둔 것을 드러낸 것일 수도 있었다.

의준이가 생활관으로 돌아왔다. 그의 표정은 내가 생각했던 것보다 밝았다.

"일단, 타 대대 전출은 없답니다."

내 예상을 빗나가는 결과였다.

"저는 감봉으로 끝났습니다. 아깝긴 한데, 인생 수업료로는 저렴한 거지 않겠습니까."

"다행이네, 주승이는?"

"곧 올 겁니다."

곧이어 주승이도 생활관으로 돌아왔다. 그의 표정은 내가 생각했던 것보다 어두웠다.

"야, 어떻게 됐냐."

"군교대 15일 나왔어."

그 숫자가 내 머리를 강하게 내려쳤다. 내 예측 범위

를 가소롭게 비웃는 숫자였다. 나는 말없이 그의 어깨를 토닥였다.

"그래도 전출은 안 가. 평일 외출이나 나가자."

목적지로 향하는 버스 안은 조용했다. 평소라면 느낄 수 없는 분위기였다. 그들의 눈은 상념들에 잠식된 채 겨우나마 제 역할을 하고 있었고, 그들의 거칠었던 입은 과거를 잊어버린 듯 열릴 기미조차 내보이지 않았다. 작은 숨을 품었다가 빼앗기는 그들의 코만이 어제와 다를 것이 없었다. 나도 말을 아꼈다. 무슨 말을 해야 할지 확신이 안 섰기 때문이다.

우리는 근처 솥뚜껑 삼겹살집으로 들어갔다. 소주를 들이켜던 사내들이 우리를 곁눈질로 훑어봤다. 이제는 익숙한 시선이었다. 고기가 나올 때가 되어서야 우리의 입이 움직였다. 그날따라 고기가 더욱 맛있었다.

"무슨 이별 여행 같네, 이별하는 것도 아닌데."

내가 어렵사리 말을 던졌다.

"맞습니다, 솔직히 전출 안 가는 게 어디입니까."

"벌 받는 게 맞지, 잘못 한 거니까. 솔직히 어제까지는 이시현을 찢어 죽이고 싶었는데, 아까 내가 말한 것들을 보니까 걔도 어지간히 힘들었으면 이랬겠나 싶더라."

그의 입은 힘들게 열렸다가 쉽게 닫혔다. 쉽게 열리고 힘들게 닫히던 어제들과는 달랐다.

"반성문은 보여줬어?"

"읽지도 않더라."

우리의 대화가 끝나는 것보다 빠르게 고기가 동났다. 우리는 근처 피시방으로 자리를 옮겼다.

나는 그동안 썼던 글들을 정리해 보았고, 그들은 그들이 궁금해하는 것들을 검색했다. 많은 말이 오가지는 않았다. 이제는 그럴 필요가 없어 보였다.

"인호야, 만약에 네가 잘되면 우리는 모르는 사람인 거야."

그는 유튜브로 군기교육대 후기 영상들을 찾아보고 있었다. 거뭇했던 그의 인중이 말끔하게 변해 있었다.

"말이 쉽지, 어떻게 그러냐."

그 말을 끝으로 우리는 복귀하기 위해서 버스를 타러 가야 했다. 돌아오는 길도 적막만이 가득했다. 다만 우리의 전투복에는 고기 냄새가 배어 있었다. 나는 곧바로 씻고 불침번 근무에 들어갔다.

이 이야기도 이제 결말에 들어서고 있었다. 나는 며칠 동안 내가 들여다봤던 나의 마음속 가장 깊은 곳에 대한 소감을 수첩에다 적었다. 아무에게도 읽히지 않을 글이었다. 그래서 더 솔직할 수 있었다.

2024/11/10

가끔은 정말 모든 것이 어렵게만 느껴진다. 그러다가 또 괜찮아진다. 나의 진심은 무엇일까. 결국 나에 대한 연구는 평생에 걸친 숙제인 것 같다. 그냥 요즘은 이러한 고민들이 끊이지 않는다. 한편으로는 다행이다. 하루하루의 소중함을 절실하게 느낀 일주일이었다. 이 모든 것이 끝나간다.

그다음 날에 다시 작전을 나갔다. 나의 마지막 작전이었다. 그곳에서는 여전히 아무것도 느끼지 못했다. 아득히 먼 곳에서, 어렴풋이 보이는 인공기도 며칠 전에 봤던 종이보다 가벼워 보였다. 양쪽에서 주고받는 소음들이 이제는 배경 음악처럼 들렸다. 그 음악이 끝나기 전에, 나의 마지막 작전이 끝났다. 나에게는 꽤 거창한 일이었지만, 그건 나에게만 해당되는 일이었다.

누돈반을 다고 아마 다시는 보지 못할 풍경들을 천천히 살펴보았다. 지옥 같았던 곳에서, 가장 아름다운 풍경이 펼쳐지는 순간이 있다. 다만, 그건 늘 마지막이라는 전제가 있을 때만 가능했다. 장비들을 정리하고 생활관으로 복귀하니, 두 자리가 비어 있었다. 이불 개는 법도 몰랐던 주승이의 자리가 완벽하게 정돈되어 있었다. 나는 곧바로 현실을 직시했다. 성은이 혼자 생활관에 누워 있었다.

"왔냐? 그 둘은 타 중대로 갔어. 맹주승은 3중대, 진의준은 본부중대."

"그래, 차라리 다행이네."

"이시현이가 전출 안 보내면 고소한다 지랄해 가지고 어쩔 수 없었대."

"뭐 그럴 수도 있지, 걔가 제일 힘들었을 거야."

성은이는 손가락으로 한 침대를 가리켰다.

"아, 그리고 이 새끼가 이시현한테 1303 전화하라고 시켰다는 이야기가 있어."

그 자리는 오주용의 자리였다.

"확실한 건 아니니까, 아니라고 믿을래."

"소대장님도 알고 있던데, 그리고 오주용 그 새끼라면 그러고도 남지."

아니라고 믿고 싶었다. 믿고 싶어서 믿는 게 아니라, 그렇지 않으면 내 안의 모든 게 부서질 것 같았다. 더 알고 싶지 않았다. 내가 나의 스물들을 온전히 다 보내고 있는 이곳이 얼마나 역겨운 공간이 될 수 있는지, 이 정도면 충분했다. 그들을 지켜주지 못했다는 사실보다, 그들을 정말 좋아했다는 사실을 더 오래 남기고 싶었다.

내일이면 휴가 출발 날이었기에, 이제는 그만 느끼고 싶었다. 나는 나의 감정들을 거세하고 가방을 챙겼다. 엄마와 누나에게 주기 위해 PX에서 산 화장품을 깊숙이 집어넣었다. 이제는 필요 없는 물건들을 후임들에게 나누어 주었다. 다 읽은 책들도 집으로 가져갈 준비를 했다.

짙은 어둠이 밝아질 때까지 깨어 있었지만 눈을 뜨지 않았다. 그래도 두근거림이 이어졌다. 아침이 되고, 나는 이곳에서 나와 날개가 있는 곳으로 향하였다. 그 날개가 나를 집으로 데려다 줄 것이었다.

갈 수 있는 가장 높은 곳에서 나는 가장 맑은 숨을 들이마시고 싶었다.

새장

이곳에 처음 올 때처럼 양손에는 짐이 가득했다. 그날의 가방은 곧 터질 듯이 부풀어 있었지만, 나는 그 무게를 느낄 수 없었다. 마치 누군가가 대신 들어주는 듯했다. 다시 혼자가 된 나는 버스 정류장에서 버스를 기다렸다. 버스는 우체국으로 향했다. 이번에는 맥도날드보다 이곳이 먼저였다.

가득했던 짐들을 한 상자에 담았다. 거기에는 군 생활 내내 소중하게 간직한 훈련병 때 받은 편지도 있었다. 무너지고 있다는 생각이 들 때마다 그 글씨들이 나를 일으켜 세워줬다. 하지만 그 글씨의 주인 중에서는 1년 5개월 동안 수신 불가능 상태가 된 이들도 있었다. 나의 좁은 마음 탓이었다. 그래도 편지는 절대 버릴 수 없었다.

무거워진 상자를 저울에 올리니 창구 너머에 있는 직원이 나를 쳐다보는 게 느껴졌다. 이곳에서는 닳도록 경험한 일이었다.

"집이 제주도세요?"

"예, 그렇습니다."

"나도 제주도 사람이에요."

그녀는 나를 몹시 반가워했다. 낯선 곳에서 마주친 같은 고향 사람, 그 순간만큼은 마치 오래전부터 알고 지낸 사이처럼 느껴졌다. 나도 그녀를 반가워하고 싶었지만 비행기 시간 때문에 계산적으로 움직여야 했다.

"오늘 전역이에요?"

"아니요, 전역까지는 좀 남았어요."

"집도 먼데, 고생이 많아요."

그 말을 끝으로 나는 그녀와의 마지막 인사를 했다. 그러고는 나는 근처 맥도날드로 향했다. 이제는 하나의 의례가 되어 있었다. 맥도날드에서 소프트콘 가격이 오른 것을 가장 먼저 알아챘다. 그래도 나는 그 가격을 지불하지 않을 수 없었다. 모든 준비를 마치고 나는 날개가 있는 곳으로 갔다. 비행기를 타는 건 언제나 설레었다.

12월의 제주는 파주에 비하면은 봄이었다. 뭐든 껴입어 보려는 게 습관이 된 탓에 제주에 내리자마자 열기가 느껴졌다. 공항에는 못 보던 것이 많이 생겨 있었다. 공항 밖도 마찬가지였다. 관광객들과 섞여서 나는 버스에 올라탔다. 많은 곳을 여행하다 집에 돌아오는 기분이었다. 이제는 정말 손에 닿을 듯한 전역 날을 상상하며 버스에서 내렸다.

이전의 휴가와는 확연한 차이가 있었다. 시간이 흐르는 게 두렵지 않았다. 그리고 가족이 주는 힘이 실로 대단하다는 것을 깨달아 갔다. 군대에서는 아무리 발버둥쳐도 채워지지 않던 것이 집에서는 곧바로 해결되었다. 애를 쓰지 않아도 되었다.

하루가 이틀이 되고, 이틀이 사흘이 되었다. 나는 시간이 어떻게 흐르는지도 모르는 채 이 찰나를 만끽했다. 전역 후의 날들도 이제는 더 이상 꿈이 아니었기에 나는 움직여야 했다. 이 시간을 이용해 나는 미리 봐 두었던 일본어 학원에 가 상담을 하고, 아르바이트 채용 공고도 틈틈이 확인했다. 대단한 일이 없어도 바쁜 하루가 있었다. 그 하루에 방점을 찍고 집에서 TV를 보았다. 특별히 재미있는 프로그램을 보는 것도 아니었지만, 온 가족이 거실에 모여 같은 곳을 보는 게 초등학생 때 이후로 거의 처음이었다.

그때 빨간 넥타이를 맨 남자로 화면이 전환되었다. 우리 중 누구도 리모컨을 건들지 않았다. 화면에는 '긴급 속보'라는 자막이 떠다녔다. 그 남자는 마치 대본을 읽듯 자신의 대사를 읊어나가기 시작했다.

분명 '비상계엄'이라고 했다. 나의 인지 부조화보다 먼저 도착한 건 모르는 번호로부터 걸려 온 전화였다. 나는 본능적으로 이 번호의 주인을 알 수 있었다.

"통신보안, 1중대 병장 강인호 전화 받았습니다."

"어, 당직 사관이야. 비상계엄 걸린 거 너도 봤지? 정치적 중립 지키고, SNS에 괜한 짓거리 해서 머리 아파지는 일 만들지 말자."

"예, 알겠습니다."

엄마, 아빠 그리고 누나는 나만큼이나 내 전화에 집중했다. 전화가 끊어지고 곧바로 다른 번호로 전화가 왔다. 이번에는 전화번호부에 저장되어 있는 번호였다.

"통신보안, 1중대 병장 강인호 전화 받았습니다."

"어, 소대장이야. 인호야, 너 말년에 어떡하냐?"

“저 진짜 어떡합니까?”

“어떡하긴 뭘 어떡해, 인마. 가만히 있어, 그리고 혹시 모르니까 전투복 꺼내놓고.”

“예, 그렇게 하겠습니다.”

“야 근데, 새벽에 비행기 뜨냐?”

“새벽에는 안 타봐서 저도 잘 모르겠습니다.”

두 번의 전화를 하는 동안 TV 화면은 많이 달라져 있었다.

빨간 넥타이를 맨 남자의 입은 정확했지만, 그 뒤로는 색색의 넥타이들이 나열되었다. 마치 아무도 대사를 준비하지 못한 연극 무대처럼, 그들의 말은 이 상황을 설명하지 못했다.

국회의 혼란을 담은 화면 속에서 내 시선은 오직 군인의 손에 머물렀다. 주머니마다 불길한 상상력을 숨긴 듯했다. 나는 그들의 주머니를 내 눈동자로 샅샅이 뒤졌다. 이 상황 자체가 다행과는 거리가 멀었지만, 다행히 그들에게서 실탄이 보이지는 않았다. 나는 오밤중에 강제로 일어나 영문도 모르고 이곳에 투입되었을 저들의 얼굴이 낯설지 않았다.

계엄군은 역사 책에서만 보던 사람들이었는데, 내 눈

앞에 그들이 있었다. 그리고 한순간에 나도 그들이 되어 있었다. 하지만 빨간 넥타이를 맨 남자는 어디에도 보이지 않았다. 우리의 총구는 북쪽으로만 향하는 줄 알았는데 어째서인지 남쪽을 향하고 있었다.

전화기에는 부재중 전화가 쌓이고 있었다. 그러나 나는 그것에 신경을 쓸 여력이 조금도 남아 있지 않았다. 불가항력의 밤이 밝아지는 것을 뜬눈으로 확인하고 나서야 잠에 들 수 있었다. 온 세상이 어제 일로 시끄러웠지만, 우리 중대 단체 채팅방만 조용했다. 나는 그제야 밀린 연락을 확인했다. 대부분은 먼저 전역한 선임들에게서 온 연락이었다.

마음을 추스를 여유도 없이 나는 다시 공항으로 가야 했다. 집을 떠나는 건 늘 그랬듯이 아쉬웠지만, 머지않은 미래에 다시 올 수 있다는 마음이 나를 달래주었다. 공항에 내리자 사람들의 시선이 내가 있는 것으로 집중되었다. 어떤 여자는 아이를 자신의 등 뒤로 숨겼다. 그들과의 불편한 동행은 비행기가 착륙할 때까지 계속되었다. 사방이 나를 비추는 거울이었다.

연말 분위기를 즐기고 싶었기에 무작정 신촌으로 향했다. 그 노선도 중에서 내가 아는 가장 유명한 곳이었다. 며칠 전의 소란이 무색할 만큼, 신촌은 평온했다. 나는 마지막으로 두발을 정리하기 위해서 신촌에 있는 미용실에 들어갔다. 부대 앞 미용실과는 사뭇 다른 풍경이었다. 자리에 앉자, 내 머리를 다듬어 주는 여자가 내 왼쪽 팔을 유심히 쳐다보았다. 나는 그녀가 특이한 취향을 가졌다고 생각하며 무심코 넘겼다.

머리를 감을 때 그녀가 그 이유를 말해줬다.

"혹시 파주에서 군 생활 하세요?"

"예, 어떻게 아셨어요?"

"제 남자친구도 팔에 똑같은 게 붙어 있거든요. 제 남자친구는 GOP에 있어요."

GOP라 하면 작전 때문에 질리도록 간 그곳이었다. 나는 내가 어쩌면 그를 봤을 수도 있겠다 싶었다.

"남자친구분이 고생이 많으시겠어요."

"어제부터는 연락도 잘 안 되어요, 아마 그 일 때문이겠죠? 혹시 아는 거 있으세요?"

"저도 자세한 건 부대 들어가 봐야 알겠지만 괜찮을 거예요. 기다려 주세요."

내가 시계를 보자 그녀도 덩달아 시계를 보았다.

"혹시 빨리 가야 되세요?"

"아니요, 시간 많이 남았어요. 천천히 하셔도 됩니다."

밖은 어느새 어두워져 있었다. 그녀와의 짧은 만남을 뒤로하고 나는 새장으로 다시 날아갔다. 막사로 복귀하자 많은 이들이 나를 격하게 환영해 주었다.

"아니 어디 있다 이제 오십니까, 이걸 빼시면 어떡합니까?"

지호의 말에 나는 가장 궁금했던 질문을 들어 올렸다.

"어떻게 된 일이야, 집에서 TV 보다가 깜짝 놀랐어."

"저희는 자고 있었습니다. 갑자기 사이렌 울리고 간부님들이 장구류까지 착용하라고 하셔서 환복하고 계속 대기만 했습니다. TV 보고서야 알았습니다."

"고생했네."

형식적인 점호를 마치고 휴가 동안 밀린 일기를 몰아서 썼다. 이제는 일기를 서른 번만 더 쓰면 되었다. 내일은 왠지 눈이 올 것만 같았다.

내 예상은 정확했다. 일어나자마자 창문을 열어보니, 이미 세상은 하얗게 뒤덮여 있었다. 그 위로 눈이 매섭게 내려오고 있었다. 나는 자연스럽게 제설에 나갈 준비를 했다. 운동화보다는 전투화를 신는 것이, 귀찮더라도 귀마개와 장갑을 꼭 착용해야 한다는 것이 작년 겨울 동안 내가 학습한 내용이었다. 곧바로 제설을 하라는 방송이 흘러나왔고 나는 가장 먼저 집합 장소에 도착했다. 용감하게도 외투 하나만을 걸치고 나오는 후임들이 꽤 보였다. 심지어 운동화를 신고 있었다.

"야 너네 그러다 얼어 죽는다."

"저희는 강 병장님보다 어려서 괜찮습니다."

나는 1년 전에 한 나와의 약속을 여태 잊지 않고 있었다. 선임이 제설을 할 때 누구보다 열심히 하겠다는 다짐이었다. 나는 응어리를 풀 듯이 넉가래를 밀고 당겼다. 하얀 눈은 뭉쳤다가 바로 흩어졌다. 얼어붙는 눈들이 나를 괴롭히기도 했지만, 더 이상 괴롭지 않았다.

일본어 공부도, 글쓰기도 멈추고, 나는 주말을 있는 그대로 느끼고 싶었다. 이곳에서 맞이할 주말이 얼마 남지 않았기 때문이었다. 나의 전부였던 이곳이 머지않아 내 일부가 될 터였다. 이 시간을 그리워하게 될 것 같았다.

무엇을 해야 한다는 강박과 어떤 것을 하지 않으면 안 된다는 의식 없이 나는 하루하루를 선물처럼 받아들였다. 어디선가 1월 근무표가 나왔다는 말이 들렸다. 나는 그곳까지 날아갔다.

나와 성은이의 이름 옆에는 '전역'이라는 글자가 쓰여

있었다. 말로 다 할 수 없는 기분이었다.

"이런 날이 진짜 오네."

성은이는 나의 어깨에 팔을 올렸다.

"우리 분명 이등병이었는데, 언제 이렇게 늙었냐."

나도 그의 어깨에 팔을 올렸다. 우리는 그 상태를 유지한 채로 생활관으로 들어갔다.

크리스마스가 고비였다. 마지막 휴가를 생각보다 일찍 쓰는 바람에 군대에서 두 번의 크리스마스를 버텨내야 했다. 차라리 다행이라는 계산이 섰다. 성수기의 비행기 값과 보상심리를 이기지 못해 나가게 될 지출을 줄인 내가 기특할 지경이었다. 여기서 참을수록 나는 몸집을 불려서 나갈 수 있었다. 그럼에도 후임들과 나가는 마지막 외출만큼은 내 계산에서 열외였다.

마지막으로 담는 법원리의 저녁은 황혼 위를 걷는 것 같았다. 나의 외출을 책임져 주었던 치킨집도 오늘이 마지막이었다.

"강 병장님 이제 며칠 남으셨습니까?"

"10일, 이제는 손가락으로 셀 수 있어."

나는 그들에게 열 손가락을 내보였다. 그들의 손가락은 치킨을 잡기에 바빴다.

"나가시면 뭐를 제일 먼저 하고 싶습니까?"

"일주일 동안은 진짜 아무것도 안 하고 싶어. 잠도 내 마음대로 자고, 밥도 내 마음대로 먹고, 점호도 안 하고, 불침번도 안 하고."

"그게 끝입니까?"

"이 정도면 거창하지 않냐."

다음날 1생활관 전원이 행정반으로 불려 갔다. 오주용은 휴가였기에 제외되었다. 중대장은 읽기 어려운 표정을 짓고 있었다.

"어, 왔구나. 오주용 상병이 정치적 중립을 위반하는 발언을 들은 적 있는 사람 손 들어볼래?"

나는 손을 번쩍 들어 올렸다."

"어, 인호 얘기해."

"저는 그때 휴가여서 잘 모르겠습니다."

"아, 맞네. 인호는 들어가 봐."

나는 그에게 경례를 하고 생활관으로 들어갔다. 그의 발언이 궁금하기는 했지만 나서서 알고 싶지는 않았다. 나는 전역 날을 상상하며 하고 싶은 것들을 그려보았다. 곧바로 집에 갈지, 하루 정도를 이곳에서 머물지를 고민하던 찰나에 나를 부르는 방송이 들렸다.

"병장 강인호, 행정반으로. 보급관님이 찾으십니다."

나는 그 상상을 이어가며 행정반으로 천천히 걸어갔다. 행정반에 들어서자 보급관님은 나를 제외하고 모두 행정반에서 나갈 것을 명령했다. 좋은 징조는 아니었다. 나는 알고 있었다. 보급관님과 행정반에 단둘이 남는다는 것은 해결해야 하는 문제가 생겼다는 것이었다. 나는 이어가던 상상을 멈추고 침을 깊게 삼켰다.

문이 닫히는 소리가 유난히 크게 울렸다. 보급관님의 시선은 책상 너머로 내 이마를 꿰뚫는 듯했다. 공기가 조금 달라져 있었다. 담배 냄새가 그가 뿌리는 향수였다. 500일이 넘는 시간을 받았지만, 이것만큼은 적응하지 못했다. 버티는 것만이 유일한 해결책이었다.

"야, 네가 이시현이한테 일기 쓰라고 했냐?"

"무슨 일기 말입니까?"

"그 맹주승이 날린 일기 있잖아, 네가 쓰라고 했다고 하던데?"

나는 그의 말을 정확히 이해하지 못했다. 그리고 그 순간 나의 무의식 속에 담아두었던 작은 기억이 나를 집어삼켰다.

이시현이 막 전입을 왔을 때였다. 나는 그가 얼어붙어

있는 게 마음에 걸려 그에게 한두 마디씩 말을 걸고는 했다. 대부분은 지나가는 말이었지만 그에게 멈춘 말이 하나가 있었다. 그는 나에게 요즘 감정 조절이 어렵다고 했다. 나는 그에게서 내가 가졌던 마음을 들여다볼 수 있었다. 그래서 그에게 진심으로 조언했다.

"일기를 쓰면 그래도 하루의 감정이 정리되는 것 같아, 나는 그렇게 버텼어."

그는 오늘부터 일기를 쓰겠다고 나와 약속했다. 그리고 그 약속이 지금 나를 겨누고 있었다.

"일기 제가 쓰라고 한 거 맞습니다. 근데 일이 이렇게 된 게 제 잘못은 아니라고 생각합니다."

그 말을 한 것에 후회는 없었다. 후회하기엔 남아 있는 군 생활이 너무나도 적었다. 그렇지만, 이 말이 나와 보급관님의 마지막 대화인 것이 아쉬웠다. 조금 더 아름다운 결말을 기대한 탓이었다. 생활관에 돌아와서, 나의 일기장을 들어보았다. 그리고 하나의 결심을 하게 되었다.

"강인호 병장님, 조성은 병장님 전역 신고 하시랍니다."

나는 고이 접어둔 베레모를 빳빳하게 펴 그대로 내 머리 위에 씌었다. 이제야 좀 군인 같아 보였다. 나와 성은이는 모든 이의 부러움을 받으며 대대장실로 걸어갔다. 대대장님은 두 팔 벌려 우리를 환영해 주셨다. 성역 같았던 대대장실도 그저 하나의 사무실처럼 보였다. 그에게 나의 전역을 신고했다. 그는 악수와 포옹으로 화답했다.

"정말 고생 많았다. 우리 소중한 아들들을 무사히 부모님 곁으로 되돌려 드릴 수 있어서, 정말이지 감사한 마음이다. 마지막으로 하고 싶은 말 있나?"

내 옆 전우들은 이런저런 말들을 꺼냈다.

체력 단련을 더 시켜야 한다. 훈련이 너무 적다. 이런 말들을 대대장은 그저 웃어넘겼다. 내 차례가 되고 나는 오랫동안 마음속에 담아만 뒀던 마지막 대사를 꺼냈다.

"이제 날이 풀리면 다시 불모지 작전이 재개되지 않습니까. 모두 고생하는 걸 알고 있지만, 작전 나가는 용사들은 특히 더 고생을 한다고 생각합니다. 이 용사들의 휴식 여건과 휴가를 신경 써주셨으면 합니다."

"그건 내가 꼭 기억하겠네."

날이 어두워져 있었다. 이제 한 번만 날이 더 밝아오면, 이 모든 것에 온점을 찍을 수 있었다. 마지막 점호가 끝날 때에는, 처음 느껴보는 감정을 경험했다. 기쁘다고 하기엔 아쉬웠고, 슬프다고 하기엔 행복했다.

마지막 일기장은 일부러 남겨뒀다. 이곳과 가장 먼 하늘 위에서 쓰고 싶었다. 마지막 밤이 짙어지도록, 우리의 대화는 끊기지 않았다. 이제는 더 이상 눈을 뜨고 꾸는 꿈이 아니었다. 눈을 감으면 이루어지는 현실이었다. 그러나 쉽게 눈을 감을 수 없었다. 하나둘씩 잠에 들고 나만이 이곳을 바라보고 있을 때, 이 장면을 내 마음 가장 깊은 곳에 남겨뒀다. 그들에겐 비밀이었다.

나와 성은이는 약속대로 기상 30분 전인 6시에 일어났다. 그러고는 가장 조용한 샤워를 했다. 어느새 밝은 햇살이 우리를 비추고 있었다. 내가 본 햇빛 중에서 가장 눈이 부셨다. 기상나팔이 울렸다. 나는 마지막으로 나의 자리를 확인했다. 내 자리는 처음 봤을 때처럼 아무것도 있지 않았다. 전역자를 부르는 방송이 들렸다.

나의 무거운 전투화는 구름을 걸으며 행정반으로 향했다. 당직 사관인 정 중사님이 나를 기다리고 있었다.

“강인호 좋냐?”

“그동안, 정말 감사했습니다.”

“알면 됐다. 제주 가면 연락할게.”

“기다리고 있겠습니다.”

나와 그는 마지막 인사를 나누었다.

밖으로 나오자 후임들이 우리를 기다리고 있었다. 나는 그들과 함께 새장의 문턱까지 걸어갔다. 그리고 해가 떠오르는 곳을 향해 날아올랐다.

2025/01/30

돌이켜보면, 시간은 늘 정직했던 것 같다. 지나온 시간은 너무나도 빠른데, 앞두고 있는 시간은 막막하게 느껴질 때가 있긴 했어도, 결국엔 약속을 지켰다. 모두가 똑같이 하는 군 생활이라고들 하지만, 모두가 똑같은 군 생활을 하지 않는다. 부대의 환경, 시대적 상황, 만나는 사람이 각자 다르기 때문에 각자의 군 생활은 오직 본인만이 알 수 있다고 생각한다.

이곳에 처음 온 날과 지금의 나는 얼마나 달라져 있을까. 그건 나조차도 정확히는 모를지도. 그러나 분명한 건, 내게 필요했던 시간이었다는 것이다. 얻어가는 것도 꽤 있었다고 생각한다. 사람들을 대할 때, 나를 얼마나 드러내고 감추어야 하는지. 하기 싫은 일을 해야 할 때, 어떤 마음가짐을 가지고 임해야 하는지. 내가 진정으로 원하는 삶은 어떤 삶이고 그것을 위해 무엇을 해야 하는지.

사회에만 있었더라면, 잘 알지 못했을 것 같다. 물론 아쉬운 점도 있다. 어떤 인연은 나를 떠나갔고, 어떤 인연에서는 내가 떠났다. 열등감 부러움 같은 감성들이 나를 갉아먹어 마음이 뾰족했던 때도 있었다. 하지만 돌아간다고 해도 달라지는 건 없을 것 같다. 어떤 과정의 일부라고 생각하기로 했다. 그래서 후회하지 않는다. 그리고 정말 기다린 시간이 이제는 왔다.

하고 싶은 일이 많다. 할 수 있는 일이 많다. 해야 하는 일이 많다.

불안이나 걱정보다는 기대가 훨씬 앞선다. 나의 의지로 작용하는 삶은 축복이지 않은가. 그러니 나는 무엇이든 할 수 있을 것 같다.

마지막으로 550일 동안 나와 스쳐 간 모든 선임, 후임, 동기, 간부님들 진심으로 감사합니다.

전역한 지 시간이 조금 흘렀지만, 아직도 군대라는 곳을 잘 모르겠다.

낯선 머리를 한 채 논산 훈련소에 들어서던 날부터, 많은 기억을 품고 집으로 돌아오던 순간까지. 그저 지나갔다는 생각 정도에 머무르고 있었다. 그런데 내가 전역을 하고도 당연하게 남아 있을 얼굴들이 자꾸 눈에 밟혔다.

내가 떠난다고 해서 이들의 어깨 위에 놓인 무게가 달라지진 않겠지만, 조금이나마 그들을 위로해 주고 싶었다. 그리고 위로받고 싶었다. 그래서 일기장을 꺼냈다. 그러자 잊고 있던 기억들까지 떠올랐다.

혹시 이 책을 쥔 누군가가 지금 자신만의 비행을 하고 있다면, 그 비행이 아무리 고요할지라도 그 무게를 알고 있는 누군가가 있다는 것을 기억해 줬으면 하는 바람이다.

그리고 누군가의 전화번호부에 영원히 남겨질 그 이름들을 위하여.

누군가에게

누군가가

작은 새

초판 1쇄 발행 2025. 12. 23.

지은이 강인
펴낸이 김병호
펴낸곳 주식회사 바른북스

편집진행 임현정
디자인 심연보
마케팅 송송이 박수진 박하연

등록 2019년 4월 3일 제2019-000040호
주소 서울시 성동구 연무장5길 9-16, 606호 (성수동 2가, 블루스톤타워)
대표전화 070-7857-9719 | **경영지원** 02-3409-9719 | **팩스** 070-7610-9820

•바른북스는 여러분의 다양한 아이디어와 원고 투고를 설레는 마음으로 기다리고 있습니다.

자비출판 투고 barunbooks21@naver.com
홈페이지 www.barunbooks.com | **유튜브** https://www.youtube.com/@Youtube_brTV
인스타그램 https://www.instagram.com/barunbooks7/ | **X(트위터)** https://x.com/barunbooks7
페이스북 facebook.com/barunbooks7 | **틱톡** https://www.tiktok.com/@barunbooks7

ISBN 979-11-7263-757-6 03810